AF402039

INTRODUCTION A UN MÉMOIRE

SUR LA PROPAGATION DE

L'ALPHABET PHÉNICIEN

DANS L'ANCIEN MONDE

COURONNÉ

par l'Académie des Inscriptions et Belles-Lettres;

PAR

FRANÇOIS LENORMANT,

SOUS-BIBLIOTHÉCAIRE DE L'INSTITUT.

PARIS

IMPRIMERIE A. LAINÉ ET J. HAVARD,

RUE DES SAINTS-PÈRES, 19.

1866.

I.

Nous appelons *écriture* tout système employé par les hommes pour fixer l'expression de leurs pensées par des signes matériels, de manière à pouvoir se les communiquer entre eux autrement que par la parole et à leur donner une durée.

Pour arriver à ce but, deux principes peuvent être appliqués, séparément ou ensemble :

1° L'*idéographisme*, ou la peinture des idées;

2° Le *phonétisme*, ou la peinture des sons.

L'idéographisme peut employer deux procédés :

1° La représentation même des objets que l'on veut désigner; c'est ce que Clément d'Alexandrie appelle procéder κυριολογικῶς κατὰ μίμησιν, dans un célèbre passage sur les hiéroglyphes égyptiens;

2° La représentation d'un objet matériel ou d'une figure convenue pour exprimer une idée abstraite; c'est ce qu'on désigne par le nom de *symbolisme*.

Le phonétisme présente également deux degrés :

1° Le *syllabisme*, qui considère dans la parole comme un tout indivisible, et représente par un seul

signe la syllabe, composée d'une articulation ou consonne, muette par elle-même, et d'un son vocal qui
y sert de motion ;

2° L'*alphabétisme*, qui décompose la syllabe et en
représente par des signes distincts la consonne et la
voyelle.

Par une marche logique et conforme à la nature
des choses, ainsi qu'à l'organisation même de l'esprit
humain, tous les systèmes d'écriture ont commencé
par l'idéographisme et ne sont arrivés que par un
progrès graduel au phonétisme. Dans l'emploi du
premier principe, ils ont tous débuté par la méthode
purement figurative, qui les a conduits à la méthode
symbolique. Dans la peinture des sons, ils ont traversé l'état du syllabisme avant d'en venir à celui de
l'alphabétisme pur, dernier terme du progrès en ces
matières.

II.

En disant que tous les systèmes d'écritures ont
commencé par l'idéographisme, nous avons formulé
un fait incontestable.

Mais ce que nous avons ajouté, que dans la voie
de l'idéographisme on avait toujours débuté par la
méthode d'une représentation purement figurative,
pourrait donner occasion à quelques doutes et demande à être prouvé.

En effet, si l'on considère la nature des signes
qu'elle emploie, l'écriture doit être ramenée à deux
procédés :

1° L'*hiéroglyphisme*, ou la peinture d'objets matériels figurés aussi exactement que possible, comme
nous le voyons chez les Aztèques du Mexique, au
début des écritures des Assyriens et des Chinois, et
dans les inscriptions monumentales des Égyptiens
jusqu'à la conversion de la terre des Pharaons au
christianisme ;

2° La *convention* pure ou l'emploi des signes qui
ne représentent rien par eux-mêmes et peignent seulement l'idée ou le son dont on est convenu d'en
faire les représentants.

Les écritures, même d'origine hiéroglyphique, en
arrivent rapidement à la pure convention.

Elles ne sont plus en réalité que conventionnelles,
du moment qu'elles ont répudié toute trace d'idéographisme pour devenir exclusivement phonétiques.
Ainsi l'Arabe n'apprend pas à son fils que l'*élif* était,
dans son origine, une figure où les Phéniciens croyaient
reconnaître *la tête d'un bœuf*, et que de là vient le
nom de cette lettre. Nous ne le disons pas non plus
dans nos écoles au sujet de notre *a*, qui dérive de
même du des Chananéens. Pour nous tous, Eu-
ropéens comme Arabes, *élif* et *a* sont des signes con-
venus qui désignent un son de la langue. Les savants
seuls s'occupent d'en rechercher l'origine.

Lors même que l'écriture continue à rester fidèle
à sa nature idéographique, elle devient par le fait
purement conventionnelle, du moment que les altérations, qu'un long usage et un désir de plus grande
promptitude amènent forcément dans le tracé des
signes graphiques, ne permettent plus de reconnaître

au premier coup d'œil l'objet que retraçait l'hiéroglyphe primitif.

Ainsi, celui qui voyait le caractère ⚇ dans un
texte hiéroglyphique égyptien, y reconnaissait immédiatement la figure d'*un homme accroupi;* mais
l'hiératique ⚇, et surtout le démotique ⚇, bien
qu'étant par le fait des tachygraphies successives du
même caractère, n'éveillent par leur aspect, pour
tout autre que pour le paléographe qui a suivi pa-
tiemment tous les degrés de la déformation, aucune
idée de figure, et sont simplement des signes conve-
nus pour peindre l'idée « *homme* ». C'est ainsi que
les Égyptiens eux-mêmes en étaient venus à considérer les caractères de leurs écritures cursives, et, par
suite, ils les enseignaient dans leurs écoles d'une
manière purement empirique. En effet, Clément d'A-
lexandrie, dans son fameux passage sur les écritures
égyptiennes (1), rapporte qu'on faisait d'abord apprendre aux étudiants le système démotique, comme
le plus usuel, puis le système hiératique, et enfin,
seulement en dernier, le système hiéroglyphique. Il
aurait fallu suivre la marche exactement contraire si
l'on avait tenu compte de l'origine figurative dans
l'enseignement des deux systèmes cursifs. Pour enseigner l'emploi du type démotique, indépendamment
du type hiéroglyphique, il fallait de toute nécessité
procéder par une méthode de pur empirisme, et ne
présenter à l'étudiant les éléments de l'écriture que

______

(1) *Stromat.* **V**, p. 567, ed. Potter.

comme des signes uniquement conventionnels, affectés par l'usage et par un commun accord à la représentation de telle ou telle idée ou de tel ou tel son.

Nous ignorons comment on procédait dans les écoles de Babylone ou de Ninive; mais il est plus que probable qu'on se contentait d'y présenter, par exemple, le groupe ⊿ comme l'expression convenue de l'idée « *soleil* », sans faire remonter quiconque voulait apprendre à lire et à écrire, par l'intermédiaire du type archaïque ⬡ jusqu'à l'hiéroglyphe premier ◇, où l'on discerne une imitation grossière de l'apparence de l'astre dans le ciel.

En Chine également, les signes de l'écriture ont revêtu un caractère de pure convention, sans cesser d'être essentiellement des idéogrammes, du moment qu'en s'altérant par la marche du temps ils ont cessé d'être de véritables figures. Un lettré savant et capable de passer les examens qui conduisent aux emplois supérieurs n'ignore pas que 魚 découle d'un primitif 魚, hiéroglyphe qui retraçait l'image assez grossière d'un *poisson*. Mais, pour la masse de ceux qui l'emploient, 魚 ne saurait plus éveiller aucune notion de figure. C'est seulement le signe convenu pour la peinture de l'idée « *poisson* », qu'elle rappelle à l'esprit et qu'on enseigne dans les écoles comme y étant attachée par une notion qui n'a plus rien que d'empirique.

Ainsi les écritures d'origine hiéroglyphique elles-mêmes, à un certain degré de leur existence et de leur développement, arrivent à la convention pure.

Mais si nous remontons à l'origine de toutes les écritures proprement dites, à l'état de pur idéographisme par lequel elles ont toutes commencé, aux figures les plus anciennes de leurs caractères, nous voyons constamment à leurs débuts l'hiéroglyphisme, c'est-à-dire l'imitation plus ou moins habile, par un procédé de dessin plus ou moins rudimentaire, d'objets matériels, empruntés à la nature ou aux œuvres de l'industrie humaine.

Peut-on en effet, sans un fâcheux abus des termes, appliquer le nom d'*écriture* aux moyens grossiers et purement arbitraires dont quelques peuples dans un état de complète barbarie se sont servis pour transmettre de l'un à l'autre certaines idées roulant dans un cercle très-restreint?

Tels étaient les *khé-mou*, bâtonnets entaillés d'une manière convenue, que, d'après les écrivains chinois, les chefs tartares, avant l'introduction de l'alphabet d'origine syriaque adopté d'abord par les Ouigours, faisaient circuler dans leurs hordes, lorsqu'ils voulaient entreprendre une expédition, pour indiquer le nombre d'hommes et de chevaux que devait fournir chaque campement (1).

Tels étaient les *quippos*, ou cordelettes nouées des Péruviens, au temps de la monarchie des Incas. Aussi bien que les *khé-mou* des Tartares, les *quippos*

____

(1) Abel Rémusat, *Recherches sur les langues tartares*, p. 65 et suiv.

ne constituaient pas en réalité une écriture, mais une méthode mnémonique venant en aide aux poésies transmises par une tradition purement orale dans la mémoire des *amautas* ou « lettrés », pour conserver le souvenir des principaux événements historiques (1), exactement comme les colliers mnémoniques appelés *gaionné*, *garthoua* ou *garsuenda*, des tribus de Peaux-Rouges de l'Amérique du Nord, lesquels empruntent un sens à la différence des grains qui les composent. Certainement les *quippos* péruviens, par les ressources qu'offraient la variété des couleurs des cordelettes, leur ordre, le changement du nombre et de la disposition des nœuds, permettaient d'exprimer ou plutôt de rappeler à la mémoire un beaucoup plus grand nombre d'idées que les bâtonnets entaillés des Tartares, et surtout, Garci-Lasso de la Vega et Calancha nous l'attestent, fournissaient les éléments d'une notation numérale fort avancée. Cependant on n'aurait pu écrire, nous ne disons pas un livre, mais une phrase entière, au moyen des *quippos*. Ce n'était, par le fait, qu'un perfectionnement du procédé si naturel qu'emploient beaucoup d'hommes en faisant des nœuds de diverses façons au coin de leur mouchoir, pour venir en aide à leur mémoire et se rappeler à temps certaines choses qu'ils craindraient d'oublier autrement.

Le célèbre ouvrage historique chinois intitulé *I-King* mentionne au début des annales du Céleste-

---

(1) Voy. sur les *quippos* la réunion complète des témoignages de Garci-Lasso de la Vega, Calancha, Carli, Velasco, dans un excellent article du *Magasin pittoresque*, 1857, p. 238-240.

Empire, antérieurement à l'invention de l'écriture,
l'emploi d'un procédé mnémonique conventionnel
exactement semblable à celui des *quippos* péruviens (1). Nous verrons également, dans la VIIe partie
de notre mémoire, les vestiges d'un usage analogue
à celui des *khé-mou* tartares, qui auraient précédé
chez les nations germaniques et scandinaves l'introduction du système des runes.

Mais, nous le répétons, ces différents procédés
rudimentaires, monuments des premiers efforts de
l'homme pour fixer matériellement ses pensées et les
communiquer à travers la distance, là où ne peut
plus atteindre sa voix, ne peuvent être considérés
comme constituant de véritables systèmes d'écriture.
Nulle part ils n'ont été susceptibles d'un certain progrès, même chez les Péruviens, où la civilisation
était pourtant fort avancée et où l'esprit ingénieux
de la nation avait porté un procédé de ce genre
jusqu'au dernier degré de développement auquel sa
nature même pouvait permettre de le conduire. Nulle
part ils ne se sont élevés d'une méthode purement
mnémonique, convenue entre un petit nombre d'individus, et dont la clef se conservait par tradition,
jusqu'à une véritable peinture d'idées ou de sons.

Il n'y a, à proprement parler, d'écriture que là où
il y a dessin de caractères gravés ou peints qui représentent à tous les mêmes idées ou les mêmes sons.

Or tous les systèmes connus qui rentrent dans
ces conditions ont tous à leur point de départ l'*hié-*

---

(1) Abel Rémusat, *Recherches sur les langues tartares*, p. 67.

roglyphisme, c'est-à-dire la représentation d'images empruntées au monde matériel.

III.

Tous les hommes, dès qu'ils ont vécu en société, — et l'on ne saurait admettre la conception de l'homme vivant dans un isolement absolu, en dehors d'un état de société, quelque sauvage qu'il soit, — ont éprouvé l'impérieux besoin de fixer par quelque procédé matériel leurs idées et leurs souvenirs. Tous les hommes également ont été conduits, par un instinct naturel que nous voyons se développer de très-bonne heure et d'une manière tout à fait spontanée chez l'enfant, à essayer d'imiter par le dessin les objets, animés ou inanimés, qui frappaient leur vue. Combiner ce besoin et cet instinct; employer, au lieu de moyens mnémoniques résultant d'une convention tout à fait arbitraire, la représentation plus ou moins grossière des objets matériels au moyen desquels on voulait conserver tel ou tel souvenir, éveiller telle ou telle idée, était une tendance non moins naturelle que celle de la simple imitation sans but déterminé. C'est d'elle que naquit l'hiéroglyphisme.

Entendu dans un sens aussi général, l'hiéroglyphisme tenait si bien aux instincts les plus naturels de l'homme, que nous le voyons se montrer chez tous les sauvages à son état rudimentaire. Les peintures à moitié figuratives et à moitié mnémoniques que les indigènes de l'Amérique du Nord tracent sur les

peaux qui forment leurs tentes ou brodent sur leurs
vétements, pour rappeler leurs exploits personnels
ou ceux de leur race, montrent de quelle manière
il débuta.

Mais, à cet état rudimentaire, l'hiéroglyphisme ne
constitue pas encore une véritable écriture. Pour
l'élever à cette qualité, il fallait un notable progrès
de civilisation, amenant un développement à la fois
dans les idées et dans les besoins de relations so-
ciales plus grand que ne le comporte la vie sauvage.
La plupart des peuples ne sont point parvenus spontanément à ce progrès de civilisation qui pouvait
donner naissance à l'écriture ; ils y ont été initiés
par d'autres peuples qui les avaient précédés dans
cette voie, et ils ont reçu de leurs instituteurs l'écriture toute formée avec la notion des autres arts les
plus essentiels. Aussi, lorsqu'on remonte aux ori-
gines, toutes les écritures connues se ramènent-elles
à un très-petit nombre de systèmes, tous hiéroglyphiques au début, qui paraissent avoir pris naissance
d'une manière absolument indépendante les uns des
autres.

Ce sont :

1° Les hiéroglyphes égyptiens ;

2° L'écriture chinoise ;

3° L'écriture cunéiforme anarienne ;

4° Les hiéroglyphes mexicains.

Ces quatre systèmes, tout en restant essentiellement idéographiques, sont tous parvenus au phonétisme. Mais, en admettant ce nouveau principe, ils
ne l'ont pas poussé jusqu'au même degré de déve-

loppement. Chacun d'eux s'est immobilisé et comme
cristallisé dans une phase différente des progrès du
phonétisme, circonstance précieuse et vraiment pro-
videntielle, qui permet à la science de suivre toutes
les étapes par lesquelles l'art d'écrire a passé pour
arriver de la peinture des idées à la peinture exclusive des sons, de l'idéographisme à l'alphabétisme
pur, terme suprême de son progrès.

IV.

L'hiéroglyphisme, nous l'avons déjà dit, a commencé par une méthode exclusivement figurative,
par la représentation pure et simple des objets eux-
mêmes.

Toutes les écritures qui sont restées en partie
idéographiques ont conservé jusqu'au terme de leur
existence les vestiges de cet état, car on y trouve un
certain nombre de signes qui sont de simples images
et n'ont pas d'autre signification que celle de l'objet
qu'ils représentent. Ce sont ceux que les égyptolo-
gues, depuis Champollion, ont pris l'habitude de
désigner par le nom de *caractères figuratifs* et que

les grammairiens chinois appellent 形象, *siáng-*

híng, « images ».

Les signes figuratifs offrent quelquefois de cu-
rieuses ressemblances entre les quatre systèmes
que nous considérons comme primitifs. Ainsi le

soleil se représente dans les hiéroglyphes égyptiens par

dans la plus ancienne forme des caractères chinois par

dans les hiéroglyphes qui ont donné naissance au cunéiforme anarien par

Le caractère hiéroglyphique de l'idée de *lune* est en Égypte

en Chine

celui de l'idée de *montagne*, en Égypte

en Chine

Mais on ne saurait conclure de ces ressemblances à une communication originaire entre les différents systèmes. Ces manières de représenter un même objet dans une image abrégée et d'un tracé aussi simple que possible, étaient trop naturelles pour n'être pas venues spontanément à l'esprit des hommes dans plusieurs pays à la fois. C'est ainsi que dans toutes les contrées les essais de dessin des enfants présentent constamment les mêmes conventions, les mêmes partis-pris naïfs.

Tant qu'une écriture conserve des éléments d'idéographisme, on y retrouve une part notable de caractères purement figuratifs à l'origine, lors même qu'une déformation graduelle a amené ces caractères à n'être plus en réalité des figures, mais des symboles purement conventionnels dont l'aspect ne

rappelle plus aux regards les objets qu'ils représentaient.

C'est ainsi que dans le type moderne habituel de
l'écriture chinoise, nous retrouvons, par exemple,
les signes primitifs :

⊙ = soleil,

☽ = lune,

ᨇ = montagne,

Ⴟ = arbre,

Ꭷ = chien,

ᦉ = poisson,

qui étaient, on le voit, des images directes, sous les
formes dégénérées

日 = soleil,

月 = lune,

山 = montagne,

木 = arbre,

犬 = chien,

魚 = poisson,

qui n'ont plus rien de figuratif et s'emploient par pur
empirisme.

Les deux tachygraphies des hiéroglyphes égyptiens renferment autant de caractères d'origine figurative que les hiéroglyphes proprement dits ; mais si

les signes s'y maintiennent en se déformant, ils cessent d'être des images. Ainsi les hiéroglyphes :

= homme,

= bœuf,

= poisson,

= oreille,

= chemin,

deviennent en hiératique :

= homme,

= bœuf,

= poisson,

= oreille,

= chemin,

et en démotique :

= homme,

= bœuf,

= poisson,

= oreille,

= chemin,

Même observation pour le système cunéiforme anarien. Son type, comparativement moderne, nous offre un certain nombre d'idéogrammes, tels que :

= soleil.

= pelle.

◆ = poisson.

◆ = oreille.

qui n'ont plus rien de l'image, mais dont la nature
figurative se révèle lorsqu'on remonte à leurs types
archaïques :

◆ = soleil.

◆ = pelle.

◆ = poisson.

◆ = oreille.

V.

Mais la méthode purement figurative ne permettait
d'exprimer qu'un très-petit nombre d'idées, d'un ordre exclusivement matériel.

Toute idée abstraite ne pouvait, par sa nature
même, être peinte au moyen d'une figure directe ;
car quelle eût été cette figure ? En même temps certaines idées concrètes et matérielles auraient de-
mandé pour leur expression directement figurative
des images trop développées et trop compliquées
pour trouver place dans l'écriture. L'un et l'autre
cas nécessitèrent l'emploi du symbole ou du trope
graphique.

La présence du symbole dans l'écriture hiéroglyphique doit remonter à la première origine et être
presque contemporaine de l'emploi des signes purement figuratifs. En effet, l'adoption de l'écriture,

le besoin d'exprimer la pensée d'une manière fixe et régulière, suppose nécessairement un développement de civilisation et d'idées trop considérable pour qu'on ait pu s'y contenter longtemps de la pure et simple représentation d'objets matériels pris dans leur sens direct.

Les symboles graphiques sont simples ou complexes.

Les premiers se forment de différentes manières :

1° Par *synecdoche*, en peignant la partie pour le tout ; ce sont alors de simples abréviations de caractères figuratifs qui auraient été trop compliqués si on les avait tracés dans leur intégrité. Ainsi les hiéroglyphes égyptiens nous présentent l'expression de l'idée de *combat* sous la forme de deux bras humains, dont l'un tient un bouclier et l'autre une sorte de hache d'armes ; les deux prunelles • •, rendent l'idée des *yeux ;* pour noter l'idée de *bœuf* on se borne souvent à dessiner la tête de l'animal , au lieu de sa figure entière.

2° Par *métonymie*, en peignant la cause pour l'effet, l'effet pour la cause, ou l'instrument pour l'ouvrage produit. Ainsi les Égyptiens exprimaient le *mois* par l'image de la lune les cornes en bas, , telle qu'elle se montre vers la fin du mois ; le *feu*, par une colonne de fumée sortant d'un réchaud, ; l'action de voir par les deux yeux ou les deux prunelles, ou • • ; le *jour*, par le caractère figuratif du soleil, qui en est l'auteur et la cause, ⊙ ; l'*écriture* par l'image d'un roseau ou pinceau uni à un vase à encre et à une palette de scribe,

3° Par *métaphore*, en peignant un objet qui avait quelque similitude réelle ou généralement supposée et facile à comprendre avec l'objet de l'idée à exprimer. C'est ainsi qu'en Égypte le vautour, , était le symbole de l'idée de *mère*, parce que l'on croyait que cette espèce d'oiseaux ne comprenait que des individus femelles et produisait sans le concours du mâle; la figure de l'oie du Nil, , signifiait *fils*, à cause de l'opinion populaire qui attribuait à ce volatile des vertus de piété filiale dignes de servir d'exemple aux hommes. La *priorité*, la *prééminence* ou la *supériorité* s'exprimaient par les parties antérieures du lion, ; les idées de *vigilance* et de *gardien* par la tête du même animal, , qu'on disait dormir les yeux ouverts. L'abeille, , voulait dire *roi* parce que cet insecte est soumis à un gouvernement régulier et en apparence monarchique.

4° Par *énigmes*, en employant, pour exprimer une idée, l'image d'un objet physique n'ayant que des rapports très-cachés, excessivement éloignés, souvent même de pure convention, avec l'objet de l'idée à noter. D'après cette méthode, fort vague de sa nature, une plume d'autruche chez les Égyptiens signifiait la *justice*, , parce que, disait-on, toutes les plumes des ailes de cet oiseau sont égales ; un rameau de palmier, , représentait l'*année*, parce qu'on supposait que cet arbre poussait douze rameaux par an, un dans chaque mois ; une corbeille tressée en joncs, , était le symbole des idées de *seigneur* et de *totalité ;* un épervier perché sur une enseigne, , de celle de *dieu ;* le serpent uræus, , de la *royauté* et de la *divinité*.

Nous venons d'emprunter tous nos exemples aux hiéroglyphes égyptiens, mais il nous serait facile de montrer exactement les mêmes modes de formation des symboles graphiques simples dans l'écriture chinoise à son état hiéroglyphique primitif et dans le cunéiforme anarien. Nous pourrions aussi faire voir, si nous voulions nous laisser aller à la tentation d'entreprendre ici un petit traité de l'écriture symbolique chez les différents peuples, comment certaines métaphores naturelles ont été conçues spontanément par plusieurs races diverses sans communication les unes avec les autres, et comment, par suite, le même symbole se retrouve avec le même sens dans plusieurs systèmes d'origine tout à fait indépendante. L'exemple le plus frappant peut-être de ce genre est celui du symbole de l'abeille, , qui, ainsi que nous venons de le dire, signifie *roi* dans les hiéroglyphes égyptiens, et se reconnaît encore clairement dans le type le plus ancien de l'idéogramme doué du même sens dans le cunéiforme anarien, , .

Un autre fait dont la démonstration nous serait également facile si nous ne craignions d'entrer dans de trop longs développements, serait que tous les symboles formés par synecdoche, par métonymie ou par métaphore, deviennent tous, comme les signes figuratifs, des idéogrammes énigmatiques et purement conventionnels, du moment que la déformation amenée inévitablement par l'usage et par la marche du temps en a fait disparaître l'image primitive. Ainsi, pour ne citer qu'un seul exemple, le symbole de l'abeille, dont la métaphore était si naturelle et si claire, n'est plus qu'un signe de convention, lorsqu'en Égypte, de l'hiéroglyphique

il passe à l'hiératique

et au démotique

et lorsque dans l'écriture cunéiforme anarienne, du primitif

il devient dans le style babylonien archaïque

puis dans le style babylonien comparativement moderne

VI.

Les symboles complexes se retrouvent, aussi bien que les symboles simples, dans toutes les écritures idéographiques. De même que les symboles simples, ils se forment par métonymie, par métaphore et par énigme, et deviennent purement conventionnels lorsque les progrès de la déformation leur enlèvent le caractère d'images hiéroglyphiques.

Les symboles complexes consistent à l'origine dans la réunion de plusieurs images dont le rapprochement et la combinaison expriment une idée qu'un symbole simple n'aurait pas suffi à rendre.

Ils sont rares dans l'écriture hiéroglyphique égyptienne, où nous voyons cependant :

l'idée de *mois* notée par ⟨☽✶⟩, un croissant renversé et une étoile ;

»   *miel*   »   ⟨🐝⟩, une abeille et un vase ;

»   *soif*   »   ⟨🐂〰⟩, un veau courant et le caractère de l'eau, trois lignes ondulées ;

»   *argent*   »   ⟨⟩, le creuset, signe de l'or, et le symbole de la blancheur, un oignon blanc ;

»   *nuit*   »   ⟨⎍✶⟩, le caractère *ciel* et une étoile.

Dans l'écriture cunéiforme anarienne les symboles complexes jouent, au contraire, un très-grand rôle. En voici quelques exemples :

L'idéogramme *étoile*, ▸━⊤, originairement ▸✳━, et l'idéogramme *voûte*, dont on distingue l'origine figurative même dans sa forme la plus récente, ▭⊤, produisent par leur réunion l'expression idéographique complexe,

$$\text{𒀭}$$

ciel, la *voûte étoilée*.

L'idéogramme *homme*, 𒇽, et celui de la *pluralité*, 𒈨, dénotent par leur juxtaposition,

$$\text{𒇽𒈨}$$

l'idée d'une *réunion d'hommes*, un *peuple*, l'*ensemble de l'humanité*.

Le signe de l'idée de *crainte*, dont la figure originaire est quant à présent impossible à retrouver, 𒉈, en se joignant à celui de l'idée de *contrée*, un champ limité et labouré, 𒆠, donne naissance au symbole complexe

$$\text{𒉈𒆠}$$

qui, par une combinaison d'idées facile à comprendre avec la nature des antiques monarchies de l'Asie, a le sens de *domination*, *empire*.

Les motifs qui ont présidé à la formation de ces idéogrammes symboliques complexes sont faciles à saisir. Mais il en est d'autres où le sens résultant de la combinaison de deux symboles bien connus présente une véritable et pour nous insoluble énigme si l'on prétend en rechercher la cause. Tel est le symbole complexe,

qui signifie *la terre*, et permute dans les textes cunéiformes assyriens avec le mot phonétique

ir — și — it

אֶרֶץ. Cette expression idéographique complexe a
en effet pour éléments constitutifs le signe de l'idée
contrée et celui de l'idée *serpent*, dont nous
ne comprenons pas très-bien comment l'association
désigne notre planète.

Mais c'est surtout dans l'écriture chinoise que
l'emploi des symboles ou idéogrammes complexes
tient une place énorme. Les éléments s'en combinent de manière à former un seul groupe, et un
bon tiers des groupes graphiques employés par les
habitants du Céleste Empire doivent leur origine
à des combinaisons de ce genre. Un petit nombre
d'exemples suffira pour montrer de quelle manière
et d'après quels principes ces combinaisons s'y produisent.

L'idée de

lumière est notée par le groupe 明 , *míng*, hiéroglyphe primitif , le soleil et la lune.

hermite » 仙 , *siǎn*, , le signe *homme* au-dessus du signe *montagne*.

chant » 鳴 , *míng*, , une oreille et un oiseau.

hiéroglyphe primitif

matrone est notée 婦, *foú*, 𜛀, le signe *fem-*
par le groupe   *me*, une main
et un balai.

entendre » 聞, *wén*, 𜛀, une oreille et
le signe *porte*.

larmes » 泪, *loúï*, 𜛀, l'image d'un
œil et le signe
de l'*eau*.

Les grammairiens chinois désignent ces groupes idéographiques complexes par le nom de 意會, *hoéï-ï*, « sens combinés. »

VII.

Nous venons de passer en revue les différents modes d'expression dont est susceptible l'idéographisme pur, en suivant l'ordre dans lequel les besoins de l'écriture, se multipliant au fur et à mesure du développement des idées, y donnèrent naissance.

Mais l'écriture purement idéographique avait beau appeler à son aide toutes les ressources que nous venons d'énumérer, recourir, non-seulement aux symboles simples formés par métonymie, par métaphore ou par convention énigmatique, mais encore aux symboles complexes, elle n'en restait pas moins un moyen déplorablement incomplet de fixation et de transmission de la pensée, et plus on marchait dans la voie du développement des idées et des connaissances, plus son imperfection se faisait sentir d'une manière fâcheuse. Avec l'emploi exclusif de l'idéographisme on ne pouvait qu'accoler des images ou des symboles les uns à côté des autres, mais non construire une phrase et l'écrire de manière à ce que l'erreur sur sa marche fût impossible. Il n'y avait aucun moyen de distinguer les différentes parties du discours ni les termes de la phrase, aucune notation pour les flexions des temps verbaux ou des cas et des nombres dans les noms. Sans doute, quelques règles de position respective entre les caractères idéographiques pouvaient jusqu'à un certain point, dans la langue écrite, remplacer tant bien que mal les flexions de la langue parlée, et le chinois a conservé jusqu'à nos jours des vestiges de cet état des choses (1) ; mais la ressource était bien imparfaite et ne pouvait fournir qu'un bien faible secours.

En outre, le progrès des idées et des notions à exprimer par l'écriture tendait à faire de cet art un chaos inextricable à force d'étendue et de complication, si un nouvel élément ne s'y introduisait pas, et si on continuait à vouloir représenter chaque idée, chaque notion, chaque objet nouveau par une image spéciale ou par un symbole, soit simple, soit complexe.

Pour obvier à ces deux inconvénients, dont il fallait à tout prix se délivrer, si l'on ne voulait pas laisser la pensée à jamais emprisonnée dans des entraves qui eussent étouffé son développement d'une

---

(1) Voy. Stanislas Julien, *Discussions grammaticales sur certaines règles de position qui, en chinois, jouent le même rôle que les inflexions dans les autres langues.* Paris, 1841, in-8°.

manière irréparable , les hommes furent conduits par une pente naturelle à joindre la peinture des sons à la peinture des idées, à passer de l'idéographisme au phonétisme.

De leur essence même , les écritures purement idéographiques des époques primitives ne peignaient aucun son. Représentant exclusivement et directement des idées, leurs signes étaient absolument indépendants des mots par lesquels les idiomes parlés des peuples, qui en faisaient usage, désignaient les mêmes idées. Ils avaient une existence et une signification propres, en dehors de toute prononciation ; rien en eux ne figurait cette prononciation, et la langue écrite était par le fait assez distincte de la langue parlée, pour qu'on pût très-bien entendre l'une sans connaître l'autre, et *vice versa.*

Mais l'homme n'a jamais écrit que pour être lu ; par conséquent tout texte graphique, quelque indépendant qu'il ait pu être par son essence de la langue parlée, a nécessairement été prononcé. Les signes des écritures idéographiques primitives représentaient des idées et non des mots ; mais celui qui les lisait traduisait forcément chacun d'eux par le mot affecté dans l'idiome oral à l'expression de la même idée. De là vint, par une pente inévitable, une habitude et une convention constante d'après laquelle tout idéogramme éveilla dans l'esprit de celui qui le voyait tracé, en même temps qu'une idée, le mot de cette idée, par conséquent une prononciation.

C'est ainsi que naquit la première conception du phonétisme, et c'est dans cette convention qui avait

fini par faire affecter à chaque signe figuratif ou
symbolique, dans son rôle d'idéogramme, une prononciation fixe et habituelle, que la peinture des
sons trouva les éléments de ses débuts.

VIII.

Le premier pas, le premier essai du phonétisme
dut nécessairement être ce que nous appelons le
rébus, c'est-à-dire l'emploi des images primitivement
idéographiques pour représenter la prononciation
attachée à leur sens figuratif ou tropique, sans plus
tenir aucun compte de ce sens, de manière à peindre isolément des mots homophones dans la langue
parlée, mais doués d'une signification tout autre,
ou à figurer par leur groupement d'autres mots dont
le son se composait en partie de la prononciation
de tel signe et en partie de celle de tel autre.

La logique et la vraisemblance indiquent qu'il
dut en être ainsi, et des preuves matérielles viennent
le confirmer.

L'écriture hiéroglyphique des Aztèques de l'Anahuac, née et développée spontanément, dans un isolement absolu et sans communication aucune avec
les peuples de l'ancien monde, après avoir commencé par être exclusivement idéographique, fut
conduite à recourir aux ressources du phonétisme
par les mêmes besoins et la même loi de progrès
logique et régulière, qui avaient conduit à un résultat
semblable, à d'autres âges, les Égyptiens, les Chinois
primitifs et les auteurs de l'écriture cunéiforme ana-

ricnne. Mais dans la voie du phonétisme elle s'est arrêtée au simple *rébus* (1), sans faire un pas de plus en avaut, et elle est devenue ainsi un précieux monument de cet état du développement des écritures, auquel elle s'est immobilisée.

Un seul exemple suffira pour montrer comment on y passe de la prononciation des signes purement idéographiques, indépendants de tout son par leur essence mais constamment liés dans l'usage à un mot de la langue parlée, au phonétisme réel par voie de *rébus*.

Le nom du quatrième roi de Mexico, Itzcoatl, « le serpent d'obsidienne, » s'écrit idéographiquement dans un certain nombre de manuscrits aztèques par l'image d'un serpent (*coatl*), garni de flèches d'obsidienne (*itzli*),

Cette figure constitue un idéogramme complexe, peignant la signification même du nom royal, directement, sans tentative d'expression phonétique; mais qui, lu dans la langue parlée, ne pouvait, par suite des idées qu'il figurait, être prononcé autrement que *Itzcoatl*. Le même nom est écrit dans le célèbre manuscrit Vergara :

---

(1) Aubin, *Mémoire sur la peinture didactique et l'écriture figurative des anciens Mexicains,* dans la *Revue orientale et américaine,* t. IV, p 33-51.

Il s'y compose de la flèche d'obsidienne (*itzli* — racine : *itz*), d'un vase (*comitl* — racine *co*), enfin du signe de l'eau (*atl*), qui dans l'intention des scribes aztèques représentait *des gouttes* (1). Dans cette nouvelle forme on ne saurait plus chercher d'idéographisme, ni de peinture symbolique de la signification du nom, mais bien un pur *rébus*, une peinture des sons par des images matérielles employées à représenter le mot complet auquel elles correspondaient dans la langue.

Les livres historiques ou religieux des anciens Mexicains, antérieurs à la conquête, se composaient exclusivement de tableaux figuratifs où l'écriture n'était employée qu'à former de courtes légendes explicatives à côté des personnages. Aussi l'élément phonétique, tel que nous venons de le montrer, n'y est-il guère appliqué qu'à tracer des noms propres. Mais, dans les premiers temps de la conquête, ce phonétisme par *rébus* reçut une extension toute nouvelle, lorsque les missionnaires franciscains s'efforcèrent de doter les indigènes de l'Anahuac de traductions des prières chrétiennes, écrites au moyen du système graphique national.

« Quoique les historiographes et les hiérogram-
« mates mexicains, dit le saint et illustre Las-Casas,
« dans son *Historia apologetica de las Indias Occi-*
« *dentales* (2), n'eussent point une écriture comme
« nous, ils avaient toutefois leurs figures et carac-

(1) Aubin, *Mémoire, etc.*, p. 36 et suiv.

(2) Brasseur de Bourbourg, *Histoire des nations civilisées du Mexique et de l'Amérique centrale*, t. I, p. XXXIX et suiv.

« tères à l'aide desquels ils entendaient tout ce qu'ils
« voulaient, et de cette manière ils avaient leurs
« grands livres composés avec un artifice si ingé-
« nieux et si habile, que nous pourrions dire que
« nos lettres ne leur furent pas d'une grande utilité.

« Nos religieux ont vu de ces livres, et moi-même
« j'en ai vu également de mon côté, bien qu'il y en
« ait eu de brûlés sur l'avis des moines, dans la
« crainte qu'en ce qui touchait la religion ces livres
« ne vinssent à leur être nuisibles. Il est arrivé quel-
« quefois que quelques-uns d'entre les Indiens, ou-
« bliant certaines paroles ou particularités de la
« doctrine chétienne qu'on leur enseignait, et n'étant
« pas capables de lire notre écriture, se mettaient à
« l'écrire en entier avec leurs propres figures et
« caractères, d'une manière fort ingénieuse, mettant
« la figure qui correspondait chez eux à la parole
« et au son de notre vocable : ainsi pour dire *amen*,
« ils peignaient quelque chose comme de l'eau (qui
« se dit en mexicain *a*, racine de *atl*), avec la plante
« agave (*metl*), ce qui, dans leur langue, se rap-
« proche de *amen*, parce qu'ils disent *ametl*, et
« ainsi du reste. Quant à moi, j'ai vu une grande
« partie de la doctrine chrétienne ainsi écrite en
« figures et en images, qu'ils lisaient comme je lis
« nos caractères dans une lettre, et c'est là une pro-
« duction peu commune de leur génie. »

On possède encore un certain nombre de ces
prières et de ces catéchismes écrits avec les hiéroglyphes des anciens Aztèques (1). La plupart sont

(1) Aubin, *Revue orientale et américaine*, t. III, p. 248-255.

rédigés en langue mexicaine et tracés avec un mélange de caractères idéographiques et phonétiques
par voie de *rébus*, comme le *Confiteor* dont parle
le P. Acosta (1). « Pour exprimer ces paroles : *je me*
« *confesse*, ils peignent un Indien, se confessant à
« genoux aux pieds d'un religieux; puis, pour ces
« mots : *à Dieu tout-puissant*, ils peignent trois têtes
« couronnées désignant la Trinité; pour : *à la glo-*
« *rieuse Vierge Marie*, ils peignent le visage et le
« buste de Notre-Dame, avec un enfant; pour *saint*
« *Pierre et saint Paul*, deux têtes couronnées avec
« des clefs et une épée; et c'est ainsi que tout le *Con-*
« *fiteor* est écrit en images. Là où les images man-
« quent, ils mettent des caractères phonétiques,
« comme pour : *que j'ai péché.* » Dans d'autres cas
les hiéroglyphes aztèques servent à écrire les for-
mules latines des prières chrétiennes; ils sont alors
pris exclusivement comme phonétiques. Nous avons
à ce sujet un précieux témoignage, celui du P. Tor-
quemada, franciscain, « le premier, dit Ixtlilxo-
« chitl (2), qui ait su interpréter les peintures et les
« chants » des indigènes mexicains. « Ils rendaient,
« raconte ce missionnaire (3), le latin par les mots
« de leur langue voisins pour la prononciation, en
« les représentant non par des lettres, mais par les
« choses signifiées elles-mêmes; car ils n'avaient
« d'autres lettres que des peintures, et c'est par ces

(1) *Historia natural y moral de las Indias*, l. VI, ch. **vii**.

(2) *Histoire des Chichimèques*, traduction Ternaux-Compans, ch. **xlix**,
p. 355.

(3) *Monarquia indiana*, l. XIV, chap. **xxxvi**.

« caractères qu'ils s'entendaient. Un exemple sera
« plus clair. Le mot le plus approchant de *pater*
« étant *pantli*, espèce de petit drapeau servant à
« exprimer le nombre « vingt », ils mettent ce gui-
« don ou petit drapeau pour *pater*. Au lieu de *noster*,
« mot pour eux ressemblant à *nochtli*, ils peignent
« une figue d'Inde ou tuna, dont le nom *nochtli*
« rappelle le mot latin *noster*; ils poursuivent ainsi
« jusqu'à la fin de l'oraison. C'est par des procédés
« et par des caractères semblables qu'ils notaient ce
« qu'ils voulaient apprendre par cœur.»

La bibliothèque métropolitaine de Mexico possède
le fragment d'un *pater* latin en hiéroglyphes aztèques employés exclusivement dans le rôle de *rébus*
phonétiques, tout à fait pareil à celui que Torque-
mada décrit dans ce passage (1). Il commence par
les signes :

Le premier est le guidon *pantli* — racine : *pan;* le
second et le quatrième ont la prétention de représenter une pierre, *tetl;* enfin le troisième est la figue
d'Inde, *nochtli* — racine : *noch*. Il faut donc lire
phonétiquement :

pan-tetl,   *noch-tetl,*

les sons de la langue mexicaine les moins éloignés
du latin : *pater noster*.

---

(1) Aubin, *Revue orientale et américaine*, t. III, p. 255.

IX.

Nous venons de nous arrêter avec un certain développement sur les hiéroglyphes mexicains, parce que c'est la seule écriture du monde dont le phonétisme se soit immobilisé à l'état du rébus, et qu'elle donne ainsi les moyens de juger de ce qu'étaient les autres systèmes graphiques d'origine figurative à ce premier pas dans la voie de la peinture des sons.

Mais si elles ne se sont pas arrêtées dans leur développement à la phase du *rébus*, les écritures qui ont su mener à un plus haut degré de perfection leurs éléments phonétiques, tout en restant pour une partie idéographiques, conservent des vestiges impossibles à méconnaître de cet état, et donnent ainsi la preuve qu'elles l'ont traversé pour passer de l'idéographisme pur au phonétisme.

Dans le cunéiforme anarien les vestiges de *rébus* sont nombreux et jouent un rôle considérable. Mais ils se rapportent tous à l'époque primitive où cette écriture n'avait pas encore été transmise aux Sémites, et demeurait exclusivement aux mains des populations de race touranienne, qui en avaient été les premiers inventeurs, ainsi que l'ont démontré les beaux travaux de M. Oppert. C'est du moins ainsi que l'on peut seulement expliquer la variété des significations idéographiques, sans rapport les unes avec les autres que prend quelquefois un même signe dans les inscriptions assyriennes.

Choisissons comme exemple le caractère 𒈠 (1). En dehors de ses valeurs phonétiques, sur lesquelles nous reviendrons un peu plus loin en parlant du phénomène de la polyphonie, et dont la plus habituelle est *mat*, il signifie idéographiquement, suivant les cas où il est employé, « prendre », « aller » et « pays. »

Originairement c'est une variante du signe qui représentait « la main, » d'abord 𒄩, puis 𒉽, et enfin 𒋗. Que l'image d'une main ait été prise tropiquement pour l'idéogramme de l'action de « prendre, » la métonymie graphique est toute naturelle. Mais il n'y a de lien possible à saisir, ni entre l'idée de ce « prendre » et celles d'« aller » et de « pays », ni entre l'image d'une main et ces deux dernières notions.

Si nous recourons aux inscriptions médo-scythiques, dont la langue se montre si étroitement apparentée avec celle du peuple chez lequel le système cunéiforme prit naissance, nous y voyons l'idée de « prendre » rendue par le verbe *imid*, duquel découle manifestement la valeur phonétique *mat* ou *mad* assignée au signe 𒈠 et adoptée par les Assyriens. Mais dans les mêmes inscriptions nous trouvons l'idée d'« aller » rendue phonétiquement par 𒀀𒁕, *midá*, et celle de ce « pays » par le mot *mada*, 𒈠𒁕. Ainsi, tandis que les trois acceptions admises dans l'assyrien comme idéo-

---

graphiques pour le signe ⪤ , ne présentent aucun
rapport naturel, ni même forcé, d'idées, les mots
qui les expriment offrent dans le médo-scythique
une analogie extrèmement frappante de son, qui était
sans doute encore plus complète dans l'idiome de la
même famille, aujourd'hui perdu, que parlaient les
inventeurs de l'écriture cunéiforme anarienne :

$$\textit{imid} = \text{prendre},$$
$$\textit{mida} = \text{aller},$$
$$\textit{mada} = \text{pays}.$$

En présence de ces faits, la seule hypothèse plau-
sible n'est-elle pas qu'antérieurement à la communication de l'écriture cunéiforme aux Sémites d'As-
syrie et de Chaldée, lorsque l'usage en était encore
renfermé chez ses inventeurs touraniens, le signe de
la main, ⪤, se prononçant *imid* (ou quelque chose
d'analogue) dans son rôle tropique d'idéogramme
de l'action de « prendre, » devint, par voie de *rébus*
ou d'analogie phonétique, l'expression des idées
d'« aller » et de « pays », qui n'avaient aucune
connexion avec son sens premier, mais s'exprimaient dans la langue par des mots presque homophones ? Puis, lorsque les Assyriens adoptèrent le
système graphique en question, ils y trouvèrent le
signe ⪤, représentant idéographiquement la notion
de « prendre », phonétiquement la syllabe *mat* ou
mad dans les mots polysyllabiques où on l'em-
ployait, enfin par analogie phonétique les mots
« aller » et « pays », qui sonnaient presque exacte-

ment comme celui de « prendre » ; ils lui conservè-
rent toutes ces valeurs ; mais comme « prendre »
ne se disait pas dans leur langue *imid*, pas plus
qu'« aller » *mida* et « pays » *mada*, ⪤ avec ses
trois sens devint pour eux un idéogramme, tandis
qu'originairement il ne l'était en réalité que dans le
premier cas.

Nous pourrions multiplier les exemples analogues ;
montrer que c'est aussi par suite d'une ressemblance
de son ou d'un *rébus* dans la langue des inventeurs
de race touranienne à qui est dû le système, que le
caractère ⪤, sorti d'une figure qui représentait
une oreille, en n'ayant qu'une seule valeur phonétique, *pi* (ce qui prouve que la prononciation originaire ne variait pas), se présente à nous dans les
inscriptions assyriennes avec deux sens idéographiques aussi absolument divers que ceux d'« oreille »
et de « goutte ; » montrer également autour d'une
seule prononciation primitive d'où sont sorties les
valeurs phonétiques *pal* et *bal*, pour le signe ⪤,
la réunion des sens, devenus idéographiques en
assyrien, « année », « descendre », « campagne »,
« glaive », entre lesquels n'existe aucune connexion
d'idées, et dont l'application à un même caraetère
n'a pu avoir pour cause qu'une homophonie entre
les mots qui rendaient toutes ces acceptions chez le
peuple qui le premier fit usage de l'écriture cunéiforme anarienne ; appliquer enfin cette observation
à un très-grand nombre de cas. Mais nous sommes
condamné à ne pas nous étendre, sous peine de

donner à cette introduction des développements exagérés. Nous devons résister à la tentation de nous laisser aller *en bavardin*, suivant la charmante expression de Mme de Sévigné, sur toutes les questions qui s'offrent à nous dans notre route et sollicitent notre curiosité. Il faut savoir nous borner, nous contenir, et indiquer seulement les faits sans nous lancer dans le développement de leurs preuves.

C'est pourquoi nous serons très-bref sur les traces du premier état de phonétisme en *rébus* qu'a conservées le système hiéroglyphique des Égyptiens. Il serait intéressant de les rechercher et de les rassembler en un seul faisceau pour les mettre en lumière. Mais cette recherche à elle seule demanderait un mémoire spécial. Contentons-nous donc de deux exemples qui suffiront pour prouver que le système du *rébus* ou de l'analogie phonétique n'est pas inconnu à l'écriture pharaonique, et s'y rencontre quelquefois pour représenter les premières tentatives d'introduction de l'élément phonétique dans cette écriture, tentatives dépassées de bien loin à la date des plus anciens monuments que la vieille Égypte nous a transmis, mais attestées par ces vestiges.

Un même symbole, la représentation d'un *alabastrum* de forme allongée posé sur son orifice, ⌶ , sert à rendre dans les textes hiéroglyphiques les deux idées adéquates de « sainteté » et de « majesté», puis celle d'« esclave». Aucun rapport vraisemblable n'est possible à établir entre ces deux ordres d'acceptions, également incontestables. Mais dans l'un et l'autre cas le signe a la même prononciation, *hen*. N'est-il pas dès lors évident qu'il y a là *rébus*, attribution par pure analogie phonétique à un même symbole de deux acceptions, qui n'ont d'autre rapport que celui du son des mots qui les désignaient dans la langue parlée? La signification de « sainteté » pour le caractère  est demeurée la plus habituelle, la plus générale, et semble avoir été la première. Mais bien certainement celle d'« esclave » n'est venue que de ce qu'un des mots par lesquels cette idée était rendue en égyptien, était homophone de celui qui signifiait « saint », et se prononçait de même *hen*.

Les idées « seigneur » et « tout » sont représentées par le même hiéroglyphe, une corbeille tressée de joncs, . La liaison de ces deux idées n'est pas facile à saisir, et il n'est guère probable que les hiérogrammates aient cherché à les rapprocher à force de subtilités. Mais dans la langue parlée « seigneur » et « tout » se disaient également *neb*. Cette homophonie n'est-elle pas la meilleure raison de l'attribution du même hiéroglyphe à la peinture des deux idées, ou plus exactement des deux mots?

X.

Dans une langue monosyllabique comme celle des Chinois, l'emploi du *rébus* devait nécessairement amener du premier coup à la découverte de l'écriture syllabique. Chaque signe idéographique, dans son emploi figuratif ou dans son emploi tropique, répondait à un mot monosyllabique de la langue parlée qui en devenait la prononciation constante ; par conséquent, en le prenant dans une acception purement phonétique pour cette prononciation complète, il représentait une syllabe isolée. L'état du *rébus* et l'état d'expression syllabique dans l'écriture se sont donc trouvés identiques à la Chine, et c'est à cet état de développement du phonétisme que le système graphique du Céleste Empire s'est immobilisé, sans faire un pas de plus en avant, depuis trente siècles qu'il a franchi de cette manière le premier degré de la peinture des sons.

Mais en chinois, ce n'est que dans les noms propres que nous rencontrons les anciens idéogrammes simples ou complexes employés isolément avec une valeur exclusivement phonétique, pour leur prononciation dans la langue parlée, abstraction faite de leur valeur originaire comme signes d'idées. Et en effet, par suite de l'essence même de la langue, le texte chinois le plus court et le plus simple, écrit exclusivement avec des signes phonétiques, soit syllabiques, soit alphabétiques, sans aucune part d'idéographisme, deviendrait une énigme absolument inintelligible.

Le nombre des syllabes possibles à former par la combinaison d'une articulation ou consonne simple initiale et d'un son vocal venant après pour y servir de motion, même en admettant comme élément de formation les diphthongues et les terminaisons nasales, est nécessairement restreint. La langue chi-

noise en admet 45o, que la variation des accents
ou *tons* portent à 1,2o3. Mais une langue douée
d'une littérature étendue et correspondant à un
développement considérable d'idées et de civilisation ne saurait limiter son vocabulaire à 1,2o3 mots.
De là résulte nécessairement que dans tout idiome
monosyllabique, et particulièrement en chinois, on
rencontre une très-grande quantité de mots exactement homophones. Comme tous les radicaux de
la langue se composent d'une seule syllabe, chaque
syllabe dont l'organe est susceptible représente un
certain nombre d'acceptions sans rapport les unes
avec les autres. Une confusion presque inextricable
résultant de ce fait ne peut donc être évitée que si
l'on a, pour distinguer les mots homophones, les
acceptions diverses d'une même syllabe, recours
à quelque moyen d'éclaircissement particulier, à
quelque élément étranger à la prononciation phonétique.

Dans la langue parlée, cet élément est le geste,
dans la langue écrite une combinaison constante de
l'idéographisme et du phonétisme, qui est tout à fait
propre au chinois. Cette combinaison constitue ce
qu'on appelle le système des *clefs*, système analogue
dans son principe à celui des *déterminatifs* dans les
hiéroglyphes égyptiens, mais dont les Chinois ont
seuls fait une application aussi étendue et aussi générale, en même temps qu'ils le mettaient en œuvre
par des procédés à eux spéciaux.

Le point de départ de ce système est la faculté,
propre à l'écriture chinoise, de former indéfiniment

des groupes complexes avec plusieurs caractères originairement distincts. Un certain nombre d'idéogrammes simples, — 214 en tout, — ont donc été choisis parmi ceux que comprenait le fond premier de
l'écriture avant l'introduction du phonétisme, comme
représentant des idées générales et pouvant servir
de rubriques aux diverses classes entre lesquelles
se répartiraient les mots de la langue. Et il faut
noter en passant que les Chinois admettent comme
idées génériques des notions qui pour nous ont bien
peu ce caractère, car on trouve parmi les clefs

celles des *grenouilles,* 黽, des *rats,* 鼠, des *nez,*

鼻, des *tortues,* 龜, etc. Les idéogrammes

ainsi choisis sont ce qu'on appelle les *clefs.* Ils
se combinent avec des signes originairement simples ou complexes, pris uniquement pour leur prononciation phonétique, abstraction faite de tout
vestige de leur valeur idéographique, de manière
à représenter toutes les syllabes de la langue. Ainsi
sont formés des groupes nouveaux, à moitié phonétiques et à moitié idéographiques, dont le premier
élément figure le son de la syllabe qui constitue le
mot, et le second, la *clef,* indique dans quelle catégorie d'idées doit être cherché le sens de ce mot.
Les trois quarts des signes de l'écriture chinoise
doivent leur origine à ce mode de formation.

Un exemple en fera mieux connaître le mécanisme.

La syllabe *pd* est susceptible en chinois de huit

acceptions absolument différentes, ou, pour parler
plus exactement, il y a dans le vocabulaire des habitants de l'empire du Milieu huit mots homophones,
bien que sans rapport d'origine entre eux, dont la
prononciation se ramène à cette syllabe. Si donc le
chinois s'écrivait au moyen d'un système exclusivement phonétique, en voyant *pá* dans une phrase,
l'esprit hésiterait entre huit significations différentes,
sans indication déterminante qui pût décider à choisir l'une plutôt que l'autre. Mais avec le système
des *clefs*, avec la combinaison de l'élément idéographique et de l'élément phonétique, cette incerti-
tude, cause permanente des plus fâcheuses erreurs,
disparaît tout à fait. Le signe adopté dans l'usage
ordinaire pour représenter phonétiquement la syl-

labe *pá* est 巴, dont la valeur idéographique primitive s'est complétement oblitérée, comme il est
arrivé plus d'une fois pour les signes d'un usage

habituel comme phonétiques. Le signe 巴 isolé
ne se rencontre que dans les noms propres d'hommes
et de lieux, où il représente purement et simplement
la syllabe *pá*. Si l'on y ajoute la clef des *plantes*,

芭, il devient, toujours en gardant la même prononciation, le nom du « bananier »; qu'on rem-
place cette clef par celle des *roseaux*, en conser-

vant le signe radical et phonétique, 笆, on
obtient la désignation d'une sorte de « roseau épi-

neux. » Avec la clef du *fer*, 釾, le mot *pá* est caractérisé comme le nom du « char de guerre »; avec la clef des *vers*, 蚆, comme celui d'une espèce de coquillage; avec la clef du *mouton*, 羓 comme celui d'une préparation particulière de viande séchée. La clef des *dents*, 齟, lui donne le sens de « dents de travers; » celle des *maladies*, 疤, lui fait signifier « cicatrices », enfin celle de la *bouche*, 吧, un « cri ».

On voit par cet exemple combien la combinaison des éléments phonétiques et idéographiques, qui constitue le système des *clefs*, est ingénieusement calquée sur les besoins et le génie propre de la langue chinoise, et quelle clarté elle répand dans l'expression graphique de cette langue, impossible à peindre d'une manière intelligible avec un système de phonétisme exclusif. Sans doute la faculté presque indéfinie de créer de nouveaux signes complexes, par moitié phonétiques et par moitié idéographiques, paraît dans le premier abord effrayante à un étranger, car, avec les idéogrammes simples et complexes, elle donne naissance à plus de 80,000 groupes différents. Mais il est toujours facile d'analyser ces groupes, dont les éléments se réduisent à 450 phonétiques et 214 déterminatifs idéographiques ou *clefs*, et la méthode qui les produit était

la seule par laquelle pût être évité l'inconvénient,
bien autrement grave, qui serait résulté de la mul-
tiplicité des mots homophones.

Mais ce dernier point, mis en lumière de la façon
la plus spirituelle par Abel Rémusat, n'intéresse pas
directement notre sujet. Ce que nous cherchons à
suivre, ce sont les progrès successifs par lesquels le
phonétisme s'introduisit dans les écritures primitivement idéographiques, et les étapes qui conduisirent la peinture des sons de l'emploi du pur et simple *rébus* à l'invention de l'alphabet proprement dit.
Dans cet ordre de recherches, le seul point qu'il
nous importât de constater, était que, par suite de
la nature même de l'idiome qu'elle était appelée à
tracer, la part phonétique de l'écriture chinoise
constitue à la fois un phonétisme par voie de *rébus,*
puisqu'elle se compose de caractères originairement
idéographiques pris pour la représentation de leur
prononciation complète, et un système d'écriture
syllabique, puisque par le fait chacun de ces caractères ne peint qu'une seule syllabe.

XI.

Mais cette identité de l'état de *rébus* et de l'état
de syllabisme, qui confond en un seul deux des
degrés ordinaires du développement de l'élément
phonétique dans les écritures originairement idéographiques et hiéroglyphiques, n'était possible qu'avec

une langue à la constitution monosyllabique, comme le chinois. Chez les Égyptiens et chez les inventeurs de l'écriture cunéiforme anarienne, que nous regardons, à l'exemple de M. Oppert, comme ayant appartenu à la race touranienne ou tartaro-finnoise, l'idiome parlé, que l'écriture devait peindre, était polysyllabique. Le système du rébus ne donnait donc pas du premier coup les moyens de décomposer les mots en leurs syllabes constitutives et de représenter chacune de ces syllabes séparément par un signe fixe et invariable, Il fallait un pas de plus pour s'élever du rébus au syllabisme.

Ce pas fut fait également dans les deux systèmes des hiéroglyphes égyptiens et de l'écriture cunéiforme; mais les habitants de la vallée du Nil surent pousser encore plus avant et atteindre jusqu'à l'analyse de la syllabe, décomposée en consonne et voyelle, tandis que ceux du bassin de l'Euphrate et du Tigre s'arrêtèrent au syllabisme et laissèrent leur écriture s'immobiliser dans cette méthode imparfaite de l'expression des sons.

Chez les uns comme chez les autres, ce fut le système du *rébus,* première étape du phonétisme, qui servit de base à l'établissement des valeurs syllabiques. Elles en furent tirées par une méthode fixe et régulière, que nous désignerons sous le nom d'*acrologique.*

Tout idéogramme pouvait être employé en rébus pour représenter la prononciation complète, aussi bien polysyllabique que monosyllabique, correspondant dans la langue parlée à son sens figuratif ou

tropique. Voulant parvenir à la représentation distincte des syllabes de la langue au moyen de signes
fixes, et par conséquent toujours reconnaissables,
on choisit un certain nombre de ces caractères, primitivement idéographiques, mais susceptibles d'un
emploi exclusivement phonétique, par une convention qui dut s'établir graduellement plutôt qu'être
le résultat du travail systématique d'un ou de plusieurs savants. Lorsqu'il arriva que leur prononciation complète formait un monosyllabe, ce qui se
présenta pour quelques-uns, leur valeur dans la
méthode du syllabisme resta exactement la même
que dans celle du rébus. Mais pour la plupart, la
prononciation de leur sens figuratif ou symbolique
constituait un polysyllabe. Ils devinrent l'image de
la syllabe initiale de cette prononciation. C'est ce
système qu'à l'exemple des anciens nous appelons
acrologisme.

Nous ne pouvons malheureusement restituer que
dans un assez petit nombre de cas la prononciation
correspondant à la valeur idéographique des caractères du cunéiforme anarien dans la langue pro-
bablement touranienne des premiers inventeurs de
cette écriture. Mais toutes les fois que cette restitu-
tion est possible à l'aide de l'idiome médo-scythique,
dont tout indique l'étroite parenté avec celui de
instituteurs des Assyriens dans l'art d'écrire, et qu'on
peut comparer ainsi le mot par lequel on traduisait
l'idéogramme dans la langue parlée avec la valeur
du même signe pris dans un emploi purement phonétique comme élément du syllabaire, on voit que

cette valeur n'est autre que la première syllabe du
mot en question (1).

Voici, par exemple, le signe ►—𝖸, dont l'hiéroglyphe primitif représentait une étoile. Sa valeur
syllabique est *an*, son sens idéographique « dieu ».
Or le mot « dieu », en médo-scythique, tel que nous
le révèlent les inscriptions de Persépolis et de Behis-
toun, est AN*nap*.

Les monuments trilingues des Achéménides, dans
leur texte médo-scythique, traduisent par AD*da* ou
AT*la*, le perse *pita*, « père ». Le caractère ⊫≣𝖸, sorti
de l'image d'un testicule, représente phonétiquement la syllabe *at*, et idéographiquement le mot
« père ».

⫤⊫ indique une « place fortifiée »; sa puissance syllabique est *but*. BA*tin* ou BUT*in* exprime
l'idée de « cité » en médo-scythique.

Le signe ►◄𝖸◄, est l'idéogramme « d'année », et
représente en même temps la syllabe *bal*. Or BIL*ki*
est le mot par lequel les inscriptions médo-scythiques
des Achéménides expriment la notion d'« année », en
traduisant le perse *tharda*.

Le caractère de la syllabe *du*, ⊱—𝖸, est aussi l'idéogramme d'« être, atteindre », idée dont l'expression
médo-scythique est DU*va*.

L'image peu déformée d'une flèche, ►—, prise
idéographiquement, signifie « tuer », ce qui, en

(1) Voy. Oppert, *Expédition scientifique en Mésopotamie*, t. II, p. 79
et suiv.

médo-scythique, se dit HAL*pi;* or, prise dans un rôle purement phonétique, elle peint la syllabe *hal.*

⊨≣⊬ figure à la fois, dans les textes assyriens, comme signe syllabique doué de la valeur de *ssi,* et comme idéogramme signifiant « voir ». Sa puissance phonétique ne s'appliquerait pas par la langue assyrienne; mais dans le médo-scythique, le verbe « voir » est ssi*ya,* d'où la valeur *ssi.*

Parmi les nombreuses significations idéographiques du signe ⊻ (représentant *sa* dans le syllabaire) nous remarquons celle de « bataille », et le médo-scythique nous offre pour cette idée un radical SA*bar.* Mais ⊻ rend aussi les notions de « faire, arranger », et, en même temps, les inscriptions médo-scythiques expriment ces notions par un mot SA*rra,* qui commence aussi par *sa.*

XII.

Le cunéiforme anarien, c'est maintenant un des faits acquis à la science de la manière la plus positive, n'a jamais su abstraire la consonne de la voyelle qui lui sert de motion. Les peuples qui ont employé cette écriture ne se sont point élevés dans l'analyse du langage jusqu'à la décomposition de la syllabe. Aussi n'ont-ils jamais possédé de lettres proprement dites, mais seulement des signes syllabiques, dont la valeur avait été établie comme nous venons de le faire voir.

Les Égyptiens, au contraire, peuple essentiellement philosophe, et dont la Bible elle-même vante la sagesse, surent atteindre à la conception de l'alphabétisme. Mais, tout en s'élevant jusqu'à ce dernier terme de progrès, leur système graphique conserva des vestiges nombreux des différents états qu'il dut traverser pour y parvenir.

Jusqu'au dernier jour où ils furent employés, c'est-à-dire jusqu'au règne de l'empereur Dioclétien, les hiéroglyphes de la terre des Pharaons gardèrent des signes figuratifs, un grand nombre d'idéogrammes symboliques ou de tropes graphiques, et, dans certains cas, employèrent la méthode du *rébus*. De même, à côté des caractères véritablement alphabétiques, une certaine quantité de signes syllabiques y fut toujours maintenue.

C'est à M. Lepsius que revient le mérite d'avoir établi le premier la vraie nature de ces signes (1), que M. Bunsen et M. de Rougé (2) ont depuis achevé de mettre en lumière

Il importe de ne pas les confondre avec certains idéogrammes que l'on rencontre tantôt isolés, tantôt accompagnés de tout ou partie des signes phonétiques représentant la prononciation du mot qui correspond à leur sens dans la langue parlée, mais ne figurent jamais que dans ce mot. Telle est la branche de bois noueux ⌣, idéogramme symbolique de « force », qui doit être lu par le mot *nakht* (conservé en copte sous la forme ⲚⲀϢⲦ) que l'orthographe en

____

(1) *Ann. de l'Inst. arch.*, t. IX, p. 51 et suiv.
(2) *Revue archéologique*, t. V, p. 326-341.

soit ⊞, ⊞ ou ⊟, comme les monuments l'écrivent indifféremment.

Les caractères proprement syllabiques sont ceux qui, avec ou sans complément phonétique, rendent une syllabe complète indépendamment de toute espèce de signification idéographique, dans des mots qui n'ont que des rapports de consonnance et aucune affinité étymologique.

Tel est le signe ∝, représentant une sorte de bandelette, qui, avec ou sans le complément phonétique ⊟=*h*, figure la syllabe *meh* ou *mah*, aussi bien dans la particule indicative des nombres ordinaux, ⊟ « quatrième », par exemple, que dans les mots : ⊟, « couronne, ceinture », ⊟, « coudée », ⊟, « aile », ⊟, « le Nord ». Tel est le caractère de l'échiquier chargé de ses pièces, ▥, symbole de l'idée de « stabilité », *men*, qui se rencontre ensuite, avec ou sans le complément phonétique ⩘=*n*, comme la pure et simple représentation de cette syllabe *men*, dans les mots ⊟, *hsmn*, « natron », ⊟, *mn-t*, « hirondelle », ⊟, *smnnou*, « oie », et dans le nom du dieu Ammon, ⊟. Telle est enfin la figure du lièvre, ⊟, originairement le symbole du verbe « ouvrir » (⊟, *oun*), pour une raison fort subtile qu'expose Horapollon, et qui

ensuite, avec ou sans le complément phonétique
᠆᠆᠆=*n*, représente la sylabe *oun* dans un très-
grand nombre de mots où sa présence n'est justifiée
par aucune raison symbolique et où il joue un rôle
de pur phonétisme.

Les caractères de cette catégorie sont nombreux
dans l'écriture hiéroglyphique. Ils présentent cette
particularité de pouvoir toujours indifféremment être
tracés seuls pour représenter la syllabe dont ils sont
le signe, ou bien être accompagnés de ce que M. de
Rougé a appelé le *pléonasme graphique,* mais qu'il
nous semblerait plus exact de nommer la *détermi-
nation phonétique*, c'est-à-dire de signes alphabétiques rendant la totalité ou partie seulement des
lettres composant la syllabe. Ainsi, la syllabe *an*,
dont le signe est un poisson, ⟨poisson⟩, se représente
indifféremment par ce signe seul ou par ce signe
accompagné des lettres ❘ = *a* et ᠆᠆᠆ = *n*, toutes
deux ensemble ou séparément, dans les diverses
combinaisons suivantes : ⟨signes⟩, ⟨signes⟩, ou ⟨signes⟩.

Il semblerait vraiment, à voir cette particularité,
que la notion de l'écriture syllabique, second état
du phonétisme, dont ces signes sont les vestiges,
s'était fort oblitérée depuis l'invention des lettres
proprement dites, et que, tout en continuant à employer les caractères ainsi demeurés affectés à la
représentation des syllabes, les hiérogrammates se
croyaient souvent obligés, pour la clarté de la lecture et pour être compris du public, d'en indiquer
la prononciation par des signes alphabétiques d'un

usage plus habituel, qui jouent dans ce cas le rôle
de véritables déterminatifs du son, comme ils mettaient des déterminatifs d'idées à la suite d'un grand
nombre de mots écrits phonétiquement.

XIII.

On voit, par tout ce qui précède, combien fut
lente à naître la conception de la consonne abstraite
du son vocal qui lui sert de motion, qui donne,
pour ainsi dire, la vie extérieure à l'articulation
muette par elle-même. Cette conception, qui nous
semble aujourd'hui toute simple, car nous y sommes
habitués dès notre enfance, ne pouvait devoir sa
naissance première qu'à un développement déjà
très-avancé de l'analyse philosophique du langage.
Aussi, parmi les différents systèmes d'écriture, à l'o-
rigine hiéroglyphiques et idéographiques, que nous
avons jugés véritablement primitifs et qui se sont
développés d'une manière tout à fait indépendante,
mais en suivant des étapes parallèles, un seul est-il
parvenu jusqu'à la décomposition de la syllabe, à
la distinction de l'articulation et de la voix, à l'abstraction de la consonne et à l'affectation d'un signe
spécial à l'expression, indépendante de toute voyelle,
de l'articulation ou consonne, qui demeure muette,
tant qu'un son vocal ne vient pas y servir de motion.
Ce système est celui des hiéroglyphes égyptiens. Les
trois autres s'arrêtèrent en route sans atteindre jusqu'au même raffinement d'analyse et au même pro-

grès, et s'immobilisèrent, ou, pour mieux dire encore, se cristallisèrent à l'un ou à l'autre des premiers états de développement et de constitution du phonétisme. Les hiéroglyphes mexicains ne dépassèrent pas l'emploi de la méthode du *rébus;* l'écriture chinoise, par suite de l'organisme particulier de la langue qu'elle servait à tracer, en adoptant la méthode du rébus, se trouva parvenue du premier coup au syllabisme, qui, pour les autres écritures, représente un progrès de plus; elle s'y arrêta, et depuis le moment où elle eut atteint ce point jusqu'à nos jours, elle est demeurée immuable. Pour le cunéiforme anarien, comme pour les hiéroglyphes égyptiens, la langue des inventeurs étant polysyllabique, le syllabisme constitua un état de développement distinct du système des rébus purs et simples, et manifestement postérieur. Le cunéiforme, après être parvenu jusqu'à cet état, n'en sortit point, et seuls, parmi les peuples à la civilisation primitive, les Égyptiens, consommant un dernier et décisif progrès dans l'art d'écrire, eurent de véritables lettres.

Cependant, les inconvénients d'une notation purement syllabique des sons appliquée à toute autre langue qu'à une langue monosyllabique comme le chinois — où une ingénieuse combinaison du phonétisme syllabique et de l'idéographisme avait permis de dissiper les obscurités d'un emploi exclusif du syllabisme au moyen d'un système qui n'aurait pu aucunement cadrer avec un idiome d'une autre nature, avec un idiome polysyllabique, — étaient si grands, que l'on a peine à comprendre comment

des peuples aussi avancés dans la voie de la civilisation et des connaissances que l'étaient les Assyriens et les Chaldéens, ont pu s'en contenter, et n'ont
pas cherché à perfectionner davantage un instrument de transmission et de fixation de la pensée
demeuré tellement grossier encore et si souvent re-
belle.

Le moindre inconvénient du syllabisme était le
nombre de caractères qu'il demandait pour exprimer
toutes les combinaisons que la langue admettait par
l'union des articulations et des sons vocaux, soit
dans les syllabes composées d'une consonne initiale
et d'une voyelle ou d'une diphthongue venant après
pour permettre de l'articuler, soit dans celles où la
voyelle ou la diphthongue est initiale et la consonne
finale. L'esprit et la mémoire de celui qui apprenait
à écrire devait donc, là où la peinture des sons s'é-
tait arrêtée à l'état du syllabisme, se charger, — en
dehors de la notion des idéogrammes figuratifs les
plus usuels, car les écritures primitives qui nous
occupent, en admettant l'élément phonétique, n'a-
vaient point pour cela répudié l'idéographisme, —
de la connaissance de plusieurs centaines de signes
purement phonétiques représentant chacun une syllabe différente dans l'usage le plus ordinaire. De là
une gêne très-grande, un obstacle à la diffusion générale de l'art d'écrire, qui restait forcément un
arcane restreint aux mains d'un petit nombre d'initiés, car, tant que l'écriture est tellement compliquée
qu'elle constitue à elle seule une vaste science, elle
ne saurait pénétrer dans la masse et devenir d'un

usage vulgaire. De là, même de la part de ceux qui avaient abordé les notions les plus nécessaires de cet arcane, des chances continuelles d'erreur et de confusion qui pouvaient, avec la plus grande facilité, produire un véritable chaos.

Cet inconvénient de complication, de défaut de clarté, de surcharge trop grande pour la mémoire, était le même, quelle que fût la famille et la nature de la langue à l'expression graphique de laquelle s'appliquait le système du syllabisme. Mais il n'était encore rien à côté des inconvénients nouveaux et tout particuliers auxquels donnait naissance l'application de ce système aux idiomes de certaines familles, dans lesquelles les voyelles ont un caractère vague, une prononciation peu précise, et où toutes les flexions se marquent par le changement des sons vocaux dans l'intérieur du mot, tandis que la charpente des consonnes reste invariable. Nous voulons parler des langues sémitiques et de leurs congénères, une partie des langues chamitiques, à commencer par l'é-gyptien.

Les inscriptions assyriennes nous montrent un idiome sémitique tracé avec une écriture dont tout le phonétisme est syllabique. Quelle bigarrure ! Quelle bizarre et perpétuelle contradiction entre le génie de la langue et le génie du système graphique ! Quelle inextricable confusion ! dans laquelle, sans doute, les habitants de Ninive et de Babylone devaient se tirer d'affaire plus facilement que nous, mais qui, cependant, était encore très-grande pour eux ; nous n'en voulons pour preuve que le

nombre des fragments de syllabaires et de vocabu-
laires grammaticaux, tracés sur des tablettes d'argile
et destinés à révéler aux disciples des hiérogrammates de Sardanapale les arcanes du système graphique national, que l'on a trouvés en telle abon-
dance dans les ruines de Ninive. Une bonne moitié
de ce que nous possédons de monuments de l'écriture cunéiforme anarienne se compose de guide-
ânes qui peuvent nous servir à déchiffrer l'autre
moitié, et que nous consultons exactement comme le
faisaient, il y a deux mille cinq cents ans, les étudiants
de l'antique pays d'Assur. Mais, si ces débris des
syllabaires, composés par les Assyriens eux-mêmes
pour s'aider à lire leur propre écriture, fournissent
de bien précieux secours à la science moderne pour
le déchiffrement du système cunéiforme, ils montrent en même temps quelle a été de tout temps la
complication et l'obscurité de ce système, puisque,
pour le bien comprendre et s'en servir régulière-
ment, au temps de son emploi le plus florissant et
le plus étendu, le peuple même dont il était alors
l'écriture exclusive et nationale avait un indispensable besoin de secours de ce genre.

Avec la méthode d'expression syllabique de l'é-
criture assyrienne, on ne saurait parvenir à représenter aucun radical de la langue assyrienne, puisque
ces radicaux se composent précisément, comme dans
toutes les langues sémitiques, de la charpente, généralement trilitère, des consonnes, qui demeurent
invariables, tandis que les voyelles changent. Pour
exprimer le verbe et le substantif d'un même radi-

cal, il faut employer des caractères absolument différents, puisque la vocalisation n'est plus la même,
et que, dès lors, son changement entraîne celui des
signes syllabiques. Ainsi disparaît toute parenté extérieure, toute analogie apparente entre les mots
sortis de la même racine, qui ne se distinguent que
par des modifications dans une chose aussi variable
et aussi peu essentielle que le sont les voyelles dans
les langues sémitiques. Celui qui aborde la lecture
d'un texte cunéiforme assyrien, au lieu de discerner
aussitôt du regard ces radicaux que toutes les additions de suffixes et de préfixes n'empêchent pas
de reconnaître intacts et invariables, et qui restent
toujours eux-mêmes, n'a plus aucun des guides qui
dirigent sa marche dans les autres idiomes sémitiques ; il est en face de mots dont la physionomie
ne dit rien, ne peut fournir aucune révélation sur
leur sens et sur leur nature, de mots qu'il est donc
obligé d'analyser syllabe à syllabe avant de nourrir
l'espoir d'arriver à en découvrir la racine et à en
pénétrer le sens.

Mais ce n'est pas tout. Prenez la conjugaison des
verbes : chaque voix, chaque mode, chaque temps,
chaque nombre, chaque personne, pour ainsi dire,
amenant une modification dans les voyelles, nécessite le changement des caractères syllabiques employés à peindre la prononciation, de telle manière qu'à chaque fois c'est un mot nouveau,
sans aucune analogie dans l'aspect et dans les
signes mis en œuvre avec ceux qui expriment les
autres voix, les autres modes, les autres temps,

quelquefois même les autres personnes du même
verbe.

On le voit, jamais système graphique n'a présenté
une antinomie plus absolue avec l'essence et le génie
de la langue qu'il était appelé à tracer, que le cunéiforme assyrien. Jamais les inconvénients du syllabisme n'ont été poussés jusqu'à un degré aussi extrême et ne se sont manifestés aux regards d'une manière aussi frappante dans la confusion et la presque
inextricable complication à laquelle ils donnaient
naissance. Aussi est-ce vraiment un des phénomènes
les plus extraordinaires de l'histoire des écritures
que la prolongation, pendant plus de quinze siècles,
de ce mariage mal assorti entre le système graphique
et la langue qu'il écrivait. On se demande comment
une telle union n'a pas été rompue, presque aussitôt
que formée, pour cause d'incompatibilité d'humeur,
et comment les Assyriens et les Babyloniens ont pu
demeurer ainsi de longs siècles à se servir d'un système d'écriture compliqué outre mesure, confus,
sans clarté, absolument contraire au génie le plus
intime de leur idiome national, sans chercher à le
modifier, à tirer de ses éléments un système plus
parfait, cadrant mieux avec leur langue. Mais, en
revanche, on comprend tout naturellement comment, dès qu'ils reçurent la notion de l'alphabet de vingt-deux lettres, inventé par les Phéniciens, ils s'empressèrent d'en faire leur écriture
vulgaire pour tous les usages communs de la vie,
ne conservant plus leur vieille écriture cunéiforme que pour les usages religieux ou monumen-

taux, où la tradition sacerdotale le maintenait encore.

C'était, du reste, un peuple dans la langue duquel les sons vocaux avaient un caractère essentiellement vague, qui devait, comme l'a judicieusement remarqué M. Lepsius (1), abstraire le premier la consonne de la syllabe, et donner une notation distincte à l'articulation et à la voyelle. Le génie même d'un idiome ainsi organisé conduisait naturellement à ce progrès capital dans l'analyse du langage. La voyelle, variable de sa nature, tendait à devenir graduellement indifférente dans la lecture des signes originairement syllabiques ; à force d'altérer les voyelles dans la prononciation des mêmes syllabes, écrites par tel ou tel signe simple, la consonne seule restait à la fin fixe, ce qui amenait le caractère adopté dans un usage purement phonétique à devenir alphabétique, de syllabique qu'il avait été d'abord ; ainsi, un certain nombre de signes qui avaient commencé par représenter des syllabes distinctes, dont l'articulation initiale était la même mais suivie de voyelles différentes, ayant fini par ne plus peindre que cette articulation du début, devenaient des lettres proprement dites exactement homophones.

Telle est la marche que le raisonnement permet de reconstituer pour le passage du syllabisme à l'alphabétisme, pour le progrès d'analyse qui permit de discerner et de noter séparément l'articulation

____

(1) *Ann. de l'Inst. Arch.*, t. IX, p. 36.

ou consonne qui, dans chaque série de syllabes, reste la même, quel que soit le son vocal qui lui sert de motion. Et ici, les faits viennent confirmer pleinement ce qu'indiquaient le raisonnement et la logique. Il est incontestable que le premier peuple qui posséda des lettres proprement dites au lieu des signes syllabiques, fut les Egyptiens. Or, dans la langue égyptienne, les voyelles étaient essentiellement vagues.

Ce qui prouve, du reste, que ce fut la nature vague des sons vocaux dans certains idiomes qui conduisit à la décomposition de la syllabe et à la substitution de lettres alphabétiques aux caractères syllabiques de l'âge précédent, est ce fait qu'en Égypte et chez les peuples sémitiques qui, les premiers après les Égyptiens, employèrent le système de l'alphabétisme, encore perfectionné comme nous le verrons tout à l'heure, le premier résultat de la substitution des lettres proprement dites aux signes de syllabes, fut la suppression de toute notation des voyelles intérieures des mots, celles de toutes qui étaient, de leur nature, les plus vagues et les plus variables, celles qui, en réalité, ne jouaient qu'un rôle complémentaire dans les syllabes dont la partie essentielle était l'articulation initiale. On n'écrivit plus que la charpente stable et fixe des consonnes, sans tenir compte des changements des voyelles, comme si chaque signe de consonne avait été considéré comme ayant inhérent à lui un son vocal variable. On choisit bien quelques signes pour la représentation des voyelles, mais on ne s'en servit que dans

l'expression des voyelles initiales ou finales, qui, en
effet, ont une intensité et une fixité toute particulière, qui ne sont pas complémentaires, mais constituent à elles seules une syllabe, qui, par conséquent,
sont moins des voyelles proprement dites que des
aspirations légères auxquelles un son vocal est inhérent. Ce fut seulement, comme nous le verrons
dans le cours de notre Mémoire, lorsque l'alphabet
phénicien fut adopté par des nations de race indo-
européenne et appliqué à l'expression d'idiomes où
les voyelles avaient un rôle radical, fixe et essentiel,
que l'on choisit un certain nombre de ces signes
des aspirations légères finales ou initiales, pour en
faire la représentation des sons vocaux de l'intérieur des mots.

XIV.

Les hiéroglyphes égyptiens, nous venons de le
montrer dans les paragraphes précédents, ont conservé jusqu'au dernier jour de leur emploi les vestiges de tous les états qu'ils avaient traversés, depuis
l'idéographisme exclusif de leur origine, jusqu'à l'ad-
mission de l'alphabétisme dans leur partie phonétique. Mais aussi haut que nous fassent remonter
les monuments de la vallée du Nil, dès le temps de
la IIIe dynastie, c'est-à-dire plus de quarante siècles
avant l'ère chrétienne, les inscriptions nous font
voir ce dernier progrès accompli déjà. Les signes
de syllabes ne sont plus qu'en minorité parmi les
phonétiques, dont la plupart sont déjà de véritables

lettres, qui peignent les articulations indépendamment de toutes les variations du son vocal qui vient
s'y joindre. Que l'on juge par là de la haute antiquité à laquelle il faut reporter les différents états
antérieurs à l'apparition de l'alphabétisme, les degrés successifs de progrès et de développement qui
avaient conduit l'écriture jusqu'à ce point!

Les lettres alphabétiques de l'écriture égyptienne
sont des figures hiéroglyphiques, au tracé plus ou
moins altéré dans les tachygraphies successives de
l'hiératique et du démotique, dont la valeur alphabétique a été établie en vertu du même système
acrologique que nous avons vu servir de base à l'établissement des valeurs des signes de syllabes. Chacune de ces figures représente la consonne ou la
voyelle initiale de la prononciation de sa signification première d'idéogramme, soit figuratif, soit tropique, mais principalement du mot auquel, prise
dans le sens figuratif, elle correspondait dans la
langue parlée.

Ainsi, parmi les phonétiques de l'usage le plus
constant, nous voyons le son vocal vague flottant
entre a et o, représenté par un *roseau,* 𓏺, dont le
nom s'est conservé en copte sous la forme ⲁⲕⲉ ou
ⲟⲕⲉ, ou par un *aigle,* 𓅃 , ⲁϩⲱⲙ; l'articulation ᴍ
par une *chouette,* 𓅓 , ⲙⲟⲩⲗⲁϫ; ʀ par une *bouche,* 
𓂋, ⲣⲱ; ʟ par un *lion,* 𓃭, ⲗⲁⲃⲱ; ʜ par une
corde tressée, 𓎛; ϩⲁϭⲉ; ᴋʜ par un *van* ou *crible,*

ϧⲁⲓ; sch par un *réservoir*, ▭, ϣⲏⲓ, ou par un *jardin*, 𓏏𓏤, ϣⲓⲓⲏ.

De ce principe acrologique de la formation des valeurs alphabétiques données à certains signes, résulte un fait particulier à l'écriture égyptienne. C'est que tout signe figuratif ou symbolique peut être pris phonétiquement dans le rôle d'initiale du mot exprimant sa signification dans la langue parlée. Ainsi, pour le mot *nefer*, « bon », les monuments nous offrent indifféremment deux orthographes, l'une, ☥, où la figure du *luth* est prise uniquement comme symbole de l'idée de « bonté », conformément à ce que nous enseigne Horapollon, l'autre, ☥, où cette figure est suivie de deux signes phonétiques habituels de *f* et de *r*, où, par conséquent, sans perdre sa valeur idéographique, elle représente en même temps le *n* initial du mot *nefer*. Nous trouvons de même : pour

ônkh, « vie », les deux orthographes, ☥ et ☥

ouab, « pur, prêtre » »

aa, « grand », »

soulen, « roi », »

sen, « frère », »

sont, « vengeur », »

hak, « recteur », »

Nous pourrions multiplier indéfiniment ces exemples d'idéogrammes revêtus, par occasion et dans un cas déterminé, d'une valeur phonétique. Quelquefois, dans ce rôle, ils sont suivis d'un caractère phonétique d'emploi plus constant et plus général, qui sert de déterminatif de la prononciation qu'ils reçoivent exceptionnellement. Ainsi, pour le mot *neter*, « dieu », nous avons les trois orthographes ⌐, ⌐⌣ et ⌐⌣, où la *hache* est successivement un idéogramme simple, un idéogramme revêtu de la valeur phonétique initiale de *n*, enfin, un idéogramme revêtu d'une valeur phonétique initiale, que détermine le signe de l'articulation *n* dont l'emploi est le plus habituel et le plus indifférent à toute signification symbolique.

Tout signe de l'écriture hiéroglyphique égyptienne est donc susceptible, dans certains cas et dans certaines positions, de recevoir une valeur phonétique. Mais l'usage indifférent de tous ces signes comme de simples lettres dans tous les cas et dans toutes les positions, eût produit dans les textes une confusion sans bornes par la multiplication indéfinie des homophones. Aussi, est-ce seulement à l'époque romaine, et dans la transcription des noms des empereurs, que nous voyons les hiérogrammates, par un raffinement de décadence et par une prétention d'élégance graphique qui n'est que de la barbarie, employer jusqu'à quinze ou vingt signes différents pour peindre la même articulation, en dépouillant ces signes de toute valeur idéographique. Dans l'É-

gypte pharaonique, la plupart des caractères ainsi
devenus de simples phonétiques sous la domination
romaine n'ont encore qu'un emploi mixte, symbolico-phonétique, et ne revêtent une valeur de lettres
qu'en initiales du mot de leur signification idéographique. Une convention rigoureusement observée,
et dont l'établissement dut être graduel, limite à un
petit nombre, deux ou trois au plus pour chaque
articulation, les phonétiques d'un emploi constant
et indifférent.

Les signes dont la convention et l'usage ont fait
ainsi la représentation habituelle des sons de la
langue, sont dépouillés, à l'ordinaire, de toute valeur idéographique. Ce ne sont plus que des lettres.
Cependant, comme l'écriture égyptienne, même en
admettant le phonétisme, est toujours demeurée essentiellement une peinture d'idées, il n'en est pas
un qu'on ne finisse, en cherchant bien, par trouver,
dans certains cas exceptionnels, employé comme
idéogramme, soit figuratif, soit tropique.

Voici, par exemple, l'hiéroglyphe dont l'usage a
fait le signe le plus habituel et le plus généralement
indifférent à toute signification figurative ou symbolique, de la demi-voyelle *ou*, 🦅. Il représente une
espèce de *plongeon*, dont le nom égyptien *oun*, ☥
(sur lequel est basée sa valeur phonétique), nous
est révélé par les représentations d'un tombeau de
Sakkarah. S'il est dans l'écriture égyptienne un pur
phonétique, c'est sans contredit celui-là. Cependant
la célèbre stèle de Koubân, relative à l'exécution

d'un puits artésien sur la route des mines d'or de l'Ethiopie, à la ligne 34, nous présente la figure de l'oiseau ![bird], triplée, ne peignant plus un son, mais employée comme déterminatif du verbe « plonger, baigner », ![hieroglyphs], en copte, ⲱⲩⲥ.

On trouve aussi fréquemment ⟨signe⟩ dans le sens idéographique de « bouche, entrée, porte », que la figure de la *bouche*, ⟨signe⟩, employée comme un *r*. La *main*, ⟨signe⟩, est le phonétique le plus habituel et le plus indifférent de l'articulation *d*, parce que « main » se disait *ded* (en copte ⲧⲟⲧ) ; mais, en même temps, il n'est pas rare de trouver dans les inscriptions ⟨signe⟩ avec le sens de « main ». Nous avons également ⟨signe⟩, signe de la voyelle vague, flottant entre *a* et *o*, et ⟨signe⟩ signifiant figurativement « bras » ; ⟨signe⟩, phonétique de *sch*, et ⟨signe⟩, « bassin, réservoir ».

Champollion (1) avait pensé que ⟨signe⟩ ou ⟨signe⟩ étaient des notes qui marquaient toutes les fois où un caractère, affecté le plus ordinairement d'une simple valeur phonétique, était pris comme idéogramme figuratif ou tropique. C'eût été un grand élément de clarté dans l'écriture que l'emploi régulier de notes diacritiques semblables. Malheureusement le progrès de l'étude des textes hiéroglyphiques égyptiens a fait évanouir la règle de distinction qu'avait cru constater l'immortel fondateur de cette branche

____

(1) *Grammaire égyptienne*, p. 58.

de la science. Si certains exemples avaient été de nature à faire illusion à ce sujet à Champollion, il en est d'autres, tout à fait décisifs, qui prouvent qu'en réalité ı et ▰ı ne sont que des explétifs sans aucune signification, destinés uniquement à carrer les groupes dans les colonnes verticales ou les lignes horizontales de l'écriture, genre d'élégance auquel les scribes égyptiens paraissent avoir attaché un très-grand prix. Ainsi, ⬪ı ou ⟙, avec l'explétif ı, se trouve employé comme un simple *r* phonétique dans autant d'exemples que comme idéogramme des notions de « bouche, entrée, ouverture ». Le nom des Pasteurs, *mena* (copte, ⲙⲟⲟⲛⲉ, *pascere*), est le plus souvent écrit [hiéroglyphes], orthographe dans laquelle l'*aigle*, accompagné de l'explétif ı, représente simplement la voyelle finale *a*, tout comme s'il était figuré isolément, [hiéroglyphe]. La lecture *menahom,* que Rosellini, trompé par la règle que Champollion avait cru constater, proposa pour ce nom, est incontestablement erronée, et tous les savants l'ont depuis longtemps abandonnée.

XV.

Tel est donc l'état où, de progrès en progrès, nous voyons parvenue celle de toutes les écritures hiéroglyphiques primitives qui atteignit au plus grand degré de perfectionnement, la seule qui s'éleva jusqu'à l'analyse de la syllabe et à la conception de la

lettre alphabétique, de l'articulation indépendante
de tout son vocal, l'écriture égyptienne.

Avant tout, un mélange d'idéogrammes et de phonétiques, de signes figuratifs, symboliques, syllabiques, alphabétiques, dont la proportion réciproque
dans les textes peut se juger d'après la transcription
suivante du début de l'inscription du tombeau d'Ah-
mès, chef des nautoniers à Ilithyia, objet d'une si
remarquable étude de M. de Rougé. Nous y traçons, à
l'encre rouge, les idéogrammes figuratifs ; à l'encre
bleue, les idéogrammes tropiques ou symboles ; en
violet, les signes mixtes, symbolico-phonétiques,
dans leur emploi de lettres comme initiales du mot
de l'idée qu'ils représentent, qu'ils en peignent la
première syllabe entière ou seulement la première
articulation ; en vert, les caractères syllabiques, dépouillés de toute valeur d'idéogrammes ; enfin, en
noir, les phonétiques purs, qui représentent de
simples lettres.

En même temps que ce mélange, faculté pour
tous les signes figuratifs ou symboliques de prendre
une valeur phonétique accidentelle, comme initiales
de certains mots, et, d'un autre côté, possibilité d'employer idéographiquement, dans un sens figuratif ou
dans un sens tropique, les signes les plus habituel-
lement affectés à la pure et simple peinture des sons,
indépendamment de toute idée : tels sont les faits
que l'écriture hiéroglyphique égyptienne présente à
celui qui veut analyser sa constitution et son génie.
Elle constitue, sans contredit, le plus perfectionné
des systèmes d'écritures primitifs, qui commencèrent
par le pur idéographisme ; mais combien ce système
est encore grossier, confus et imparfait ! Que d'obscurités et d'incertitudes dans la lecture, qui, moins
grandes pour les Égyptiens que pour nous, devaient
cependant encore se présenter plus d'une fois pour
eux-mêmes ! Que de chances de confusions et d'erreurs, dont une étude très-prolongée et une grande
pratique pouvaient seules préserver ! Quelle extrême
complication ! Sans doute, les hiéroglyphes n'étaient
pas, comme on l'a cru trop longtemps d'après une
mauvaise interprétation des témoignages des Grecs
et des Romains, un mystère sacerdotal, révélé seulement à quelques adeptes choisis ; c'était l'écriture
dont on se servait pour tous les usages où l'on a
besoin d'écrire, en se bornant à abréger le tracé
des caractères dans la tachygraphie que l'on a
nommée *hiératique*. Mais il est bien évident que,
sans que les prêtres eussent besoin d'en faire un
mystère, un système d'écriture aussi compliqué,

dont la connaissance demandait un aussi long ap-
prentissage, ne pouvait être très-répandu dans la
masse du peuple ; aussi, dans l'Égypte antique, par
suite de la nature même du système graphique, et
non par volonté d'en faire un arcane impénétrable
à la masse, les gens qui savaient lire et écrire, les
scribes religieux ou civils, formèrent une sorte de
classe à part et un groupe restreint dans la nation.

Encore n'avons-nous pas parlé jusqu'à présent
de la plus grande cause de difficultés et d'incertitudes dans toutes les écritures qui conservent une
part d'idéographisme, la *polyphonie*.

La formule exacte de ce fait a été donnée pour
la première fois par les assyriologues. Il a été la
cause de l'incrédulité que les résultats du déchiffrement de l'écriture cunéiforme anarienne ont ren-
contrée et rencontrent encore chez beaucoup de
personnes, chez des esprits éclairés, pour lesquels
la polyphonie semble chose inadmissible. Le fait est
pourtant certain. Bien plus, il était inévitable dans
toute écriture d'origine idéographique, car il tient
à l'essence même des écritures de cette espèce. Aussi
n'est-il pas inconnu aux Chinois, et peut-on fréquemment en constater la présence dans les hiéroglyphes
de l'Égypte.

C'est à ce dernier système d'écriture que nous
emprunterons nos exemples en nous efforçant de
faire comprendre les causes et la nature de la polyphonie, au lieu de les puiser dans le cunéiforme
anarien, où ce fait est beaucoup plus multiplié, parce qu'il s'y trouve encore compliqué par des cir-

constances spéciales et des causes accidentelles, sur lesquelles nous reviendrons un peu plus loin.

Nombre de signes hiéroglyphiques sont susceptibles d'être employés également avec une valeur figurative et une valeur tropique. Rien de plus simple et de plus naturel avec l'indépendance absolue de la langue graphique et de la langue parlée dans le système originaire de l'idéographisme pur. Mais dans la langue parlée les deux significations, figurative et symbolique, du même caractère, étaient représentées par deux mots différents. De là vint que, dans l'établissement de la convention générale qui finit par attacher à chaque signe de la langue graphique un mot de la langue parlée pour sa lecture prononcée, le caractère ainsi doué de deux significations diverses, suivant qu'on le prenait figurativement ou tropiquement, peignit deux mots de la langue et eut par conséquent deux prononciations, souvent entièrement dissemblables, entre lesquelles le lecteur choisissait, d'après la marche générale de la phrase, la position du signe et l'ensemble de ce qui l'entourait.

Ainsi l'image du *disque solaire*, ⊙, s'emploie figurativement pour signifier « soleil » et symboliquement, par une métonymie bien naturelle et bien simple, pour rendre l'idée de « jour »; mais dans le premier cas il a pour correspondant dans l'idiome parlé le mot *ra*, dans le second le mot *hoou*; il est donc susceptible de deux prononciations; il est polyphone.

Mais là ne s'arrête pas la polyphonie.

Le symbole, le trope graphique est proprement
le mot de cette langue écrite qui primitivement,
lorsqu'elle ne peignait encore que des idées, était
absolument indépendante de la langue parlée. Aussi
l'on se tromperait si l'on croyait que sa signification est unique, fixe et invariable. Ses acceptions
peuvent s'étendre autant que celles d'un mot de la
langue parlée et en vertu des mêmes analogies. Mais
par suite de l'indépendance originaire de la langue
écrite par rapport à la langue parlée, il est arrivé
plus d'une fois que l'extension des sens d'un même
symbole a englobé des idées que des mots absolument divers représentaient dans l'idiome oral. Donc
le symbole, suivant ses différents emplois, ses différentes acceptions, s'est lu de manières diverses et
a eu des prononciations variées. En un mot il est
devenu polyphone.

Dans cette variété de sens et de prononciations
dont un même symbole se trouvait ainsi quelquefois susceptible, il y avait une grande cause d'erreurs et de confusions. Pour y parer autant que
possible, pour augmenter la clarté des textes, on
inventa ce que les savants ont appelé *les compléments phonétiques*. On joignit au symbole susceptible de plusieurs acceptions et de plusieurs lectures
prononcées tout ou partie des signes phonétiques
habituels représentant la manière dont il devait
être prononcé dans le cas présent, — le plus souvent la fin du mot, — de manière à ce que l'erreur
ne fût plus possible. Mais dès lors, en réalité,
l'idéogramme susceptible de plusieurs sens, suivi

de compléments phonétiques, devint un signe mixte, symbolico-phonétique, capable de représenter dans le rôle d'initiale plusieurs syllabes et plusieurs articulations diverses.

Originairement, à la belle époque égyptienne, ces faits de polyphonie, tels que nous venons de les exposer, ne se présentaient guère que dans les emplois d'initiales symbolico-phonétiques. Cependant il arrivait quelquefois qu'on les transportait dans le phonétisme pur, lorsqu'on voulait raffiner et remplacer, par une recherche de mauvais goût, les phonétiques ordinaires par des signes plus rares, d'habitude exclusivement réservés au rôle d'initiales. C'est ainsi que, même sur des monuments d'époque pharaonique, les deux signes exactement synonymes ⸗ et ⸗, dont le sens idéographique est « respiration, souffle vital, âme physique », s'emploient, dans des noms propres ou dans certaines expressions composées, alternativement pour les syllabes *sche* et *ves*, dans le dernier cas quelquefois avec un *s* d'usage courant comme complément phonétique, ⸗ ou ⸗. A la décadence, sous la domination romaine, les exemples de ce genre se multiplièrent avec la recherche qui pour chaque lettre fit multiplier indéfiniment les homophones. Ainsi les cartouches contenant les noms des empereurs romains nous montrent la figure du bélier, ⸗, employée tantôt comme un *s*, parce que « mouton » se disait *soï*, tantôt comme un *v*, parce

que cette figure était le symbole de l'idée d'« âme »,
vaï.

Les faits que nous venons d'exposer constituent
ce que nous appellerons la polyphonie *réelle*. C'est
la seule qu'offre le type hiéroglyphique égyptien
parce que les signes de l'écriture y sont demeurés
des images parfaitement reconnaissables d'objets
matériels. Mais lorsque le progrès de la déformation
tachygraphique a conduit les écritures d'origine hiéroglyphique à ce point d'altération dans le tracé
des caractères où les figures primitives ne se recon-
naissent plus, on voit naître encore une autre polyphonie, que nous appellerons *apparente*. Elle se
produit lorsque plusieurs figures absolument différentes dans l'hiéroglyphisme primitif, et représentant par conséquent des sens et des prononciations
diverses, sont amenées par une déformation graduelle à un tracé identique.

C'est ainsi qu'en Égypte les deux signes hiéroglyphiques, nettement distincts et même sans ressemblance l'un avec l'autre, de l'*angle*, ◢, phonétique de l'articulation *k*, et du *bras armé d'un casse-
tête*, ↳—⌐, déterminatif générique des verbes d'action et symbole spécial de l'idée de « force », dans
lequel emploi il se prononce *nakht* ou *nekht*, encore
différents, mais tendant déjà à se rapprocher dans la
tachygraphie hiératique, où ils sont 𝓤 et 𝟤⌐, se
confondent en démotique en un même tracé, 𝓩,
qui devient polyphone puisque, sans modification
dans sa forme, il peut être lu, suivant les cas, *k* ou
nekht.

Le précieux fragment d'une des tablettes grammaticales de Ninive nous montre également que dans le cunéiforme anarien trois figures originaires absolument différentes, et douées évidemment de sens et de prononciations qui ne pouvaient se confondre,

ont été ramenées avec le temps, par l'altération que causa l'introduction du principe de tracé cunéiforme, à un même groupe de clous, plus tard, que les inscriptions assyriennes nous présentent comme susceptible de polyphonie (1).

Pour nous autres modernes, qui étudions les écritures égyptiennes en commençant par le type hiéroglyphique et en suivant progressivement la déformation des caractères à mesure qu'ils deviennent plus tachygraphiques, cette polyphonie n'est qu'apparente ; elle n'existe pas réellement. Mais pour les anciens, qui apprenaient à lire et à écrire le démotique directement et indépendamment de l'hiéroglyphique, elle était réelle. Ce n'était pas, comme pour nous, la déformation de deux caractères distincts, mais un même tracé polyphone. C'est ce qui arrive également pour nous dans le cunéiforme anarien. Beaucoup de faits de polyphonie que nous reconnaîtrions n'être qu'apparents si nous pouvions,

---

(1) Oppert, *Expédition scientifique en Mésopotamie*, t. II, p. 65.

comme en égyptien, suivre pour chaque earactère toutes les phases de la paléographie, sont pour nous réels dans l'état actuel de la science, car nous ne connaissons les figures hiéroglyphiques originaires que d'un bien petit nombre de signes de l'écriture cunéiforme.

XVI.

On le voit, même après que les Égyptiens furent parvenus à l'analyse de la syllabe et à l'abstraction de la consonne, il restait un pas énorme à franchir, un progrès capital à consommer, pour que l'écriture parvînt au degré de simplicité et de clarté qui pouvait seul la mettre en état de remplir dignement et complétement sa haute destination.

Répudier toute trace d'idéographisme, supprimer également les valeurs syllabiques, ne plus peindre que les sons au moyen de l'alphabétisme pur, enfin, réduire les phonétiques à un seul signe invariable pour chaque articulation de l'organe, tel était le progrès qui devait donner naissance à l'alphabet, consommer l'union intime de l'écriture avec la parole, émanciper définitivement l'esprit humain des langes du symbolisme primitif, et lui permettre de prendre enfin librement son essor, en lui donnant un instrument digne de lui, d'une clarté, d'une souplesse et d'une commodité parfaites.

Ce progrès pouvait seul permettre à l'art d'écrire

de pénétrer dans les masses populaires, en mettant
fin à toutes les complications qui en avaient fait
jusqu'alors une science abstruse et difficilement ac-
cessible, et de se communiquer chez tous les peuples,
en faisant de l'écriture un instrument applicable également bien à tous les idiomes, à toutes les idées, et
à toutes les religions.

En effet, une écriture principalement idéographique ne pouvait que très-difficilement passer
d'un peuple à un autre. Pour s'en servir, il fallait avoir les mêmes idées, la même civilisation, et
presque la même langue. Nous n'avons que peu
d'exemples de la communication de systèmes graphiques de cette nature entre peuples de race différente, parlant des idiomes absolument divers ; mais
ils suffisent pour montrer qu'elle a toujours forcément produit une complication sans bornes, et
presque le chaos.

Les philologues qui consacrent spécialement leurs
veilles à l'étude des idiomes et des systèmes graphiques de l'extrême Orient, peuvent attester ce qu'a
produit en ce genre l'application de l'écriture moitié
idéographique et moitié syllabique des Chinois à l'i-
diome annamique, entièrement différent de celui de
l'Empire du milieu. Pour nous, il nous suffira de
rappeler ici les faits qu'offre à ses interprètes l'é-
criture cunéiforme assyrienne.

Il est incontestable, maintenant, que cette écriture n'a pas été inventée par les Sémites de Ninive
ou de Babylone, mais par un peuple antérieur, que
toutes les vraisemblances paraissent rattacher à la

race touranienne. C'est de ce peuple que les Assyriens et les Chaldéens reçurent à la fois les valeurs phonétiques et les valeurs idéographiques de leurs caractères. Mais, comme de juste, l'accord qui existait dans la langue des premiers inventeurs du système entre les valeurs phonétiques et la prononciation des valeurs idéographiques, fut rompu en assyrien. Puis, de la prononciation à laquelle correspondait, dans l'idiome des Sémites des bords du Tigre, le sens des idéogrammes cunéiformes, on tira, par la méthode acrologique, de nouvelles valeurs phonétiques de syllabes. Ainsi, le fait de la polyphonie, que nous avons prouvé être inévitable dans toute écriture demeurée essentiellement idéographique, se trouva doublé, compliqué au point de devenir un fléau véritable, et la cause des plus fâcheuses obscurités, non-seulement pour nous, mais pour les Assyriens eux-mêmes.

Nous prendrons comme exemple des complications de polyphonie auxquelles donna naissance l'application du système cunéiforme inventé par un peuple de race touranienne à l'idiome sémitique des Assyriens, le caractère ⪤, qui est peut-être, de tous ceux de l'écriture assyrienne, le signe pour lequel ces complications se sont produites sur la plus grande échelle.

Ainsi que nous l'avons dit plus haut, on connaît l'origine hiéroglyphique de ce caractère. Il dérive de la figure grossière d'une main humaine.

Sa valeur figurative originaire était donc celle de « main », idée que la langue du peuple chez lequel

le système cunéiforme prit naissance rendait par le
mot *kurpi*.

Bientôt, à côté de sa valeur purement figurative, il
reçut une valeur tropique dans un rapport très-naturel
avec la figure qu'il retraçait, celle de « saisir, prendre,
posséder, étendre », idées que le médo-scythique
rend par le verbe *imidu*, mais qui paraissent avoir
constitué alors un radical *matu*.

De ces deux acceptions idéographiques, par la
méthode de l'acrologisme, découlèrent deux valeurs
syllabiques différentes, *kur* et *mat*, formant un premier fait de polyphonie.

Mais, par le système du *rébus*, la similitude entre
les sons ainsi appliqués au caractère ⟨signe⟩, et ceux
de mots d'un sens fort différent de celui qu'il avait
d'abord, fit transporter la signification de ces mots
au caractère lui-même, qui reçut ainsi les nouvelles
valeurs idéographiques de :

« montagne », dans la langue parlée : *kur*,
« lever du soleil »,   »   *kur*,
« terre »,   »   *mat*, en médo-scy-
     thique : *mada*,
« aller »,   »   *mit*, en médo-scy-
     thique : *midu*.

Tel était l'état des valeurs, soit phonétiques, soit
idéographiques, du signe ⟨signe⟩, avant qu'il ne sortît
des mains du peuple touranien chez lequel le système cunéiforme était né, pour passer dans celles
des Assyriens.

Ceux-ci, en recevant l'écriture des mains de leurs instituteurs touraniens, adoptèrent toutes les valeurs de syllabes et d'idéogrammes que le caractère avait revêtu chez eux.

Mais, si les valeurs syllabiques restèrent les mêmes, les valeurs idéographiques correspondirent à des prononciations toutes différentes en assyrien. Elles s'y lurent désormais par les mots de la langue parlée :

כּשׁד, « prendre »,

נפה, « lever du soleil »,

שׁדו, « montagne »,

ארצת, « terre »,

כשׁד, « aller »,

נלה, « posséder »,

נטה, « étendre ».

De ces prononciations des valeurs idéographiques du caractère dans la langue assyrienne, par une nouvelle application de la méthode acrologique, naquirent des valeurs phonétiques de syllabes, inconnues aux premiers inventeurs touraniens, qui vinrent encore compliquer la polyphonie :

De שׁדו, la valeur *sat*,

  » נלה,   »   *nal*,

  » נטה,   »   *nat*.

Enfin, comme deux des valeurs syllabiques du signe ☩, *kur* et *mat*, se trouvaient correspondre exactement au son de deux mots de la langue assyrienne :

כוּר , « fournaise »,

מַת , « mourir »,

ce signe fut si constamment employé lorsqu'on voulait écrire ces deux mots, — possibles à orthographier également *ku-ur* et *ma-at,* d'après les lois habituelles de l'écriture cunéiforme anarienne —, qu'il finit par en être l'idéogramme (1).

Ainsi, le caractère ⪢, déjà polyphone avant d'être transmis aux Assyriens, finit chez ces derniers, en vertu de conséquences parfaitement naturelles, et presque inévitables dans la communication d'une écriture constituée comme le cunéiforme anarien, à un peuple parlant une langue d'autre famille que celle des inventeurs, par être en possession de cinq valeurs phonétiques et de neuf valeurs idéographiques absolument différentes, mais dont chacune est prouvée par des exemples certains.

On conçoit dès lors comment les Assyriens eux-mêmes, pour être en état de lire leur propre écriture, avaient besoin de s'éclairer par des syllabaires du genre de ceux que le roi Sardanapale fit exécuter, et que la pioche des ouvriers de M. Layard a rendus au jour parmi les ruines de Ninive. Une pareille complication était nécessairement la source d'obscurités et d'incertitudes sans nombre, et rap-

(1) Voy. Oppert, *Expédition en Mésopotamie,* t. II, p. 85 et suiv.

pelle véritablement à l'esprit les traditions relatives
à la Tour de Babel, traditions dont la scène est en
Chaldée, dans un des centres de l'emploi du système
cunéiforme.

Encore une transmission de plus à un autre peuple, avec les mêmes conséquences que celles des
Touraniens aux Assyriens, et les signes de l'écriture
auraient fini par avoir tant de valeurs diverses qu'ils
seraient devenus absolument indéchiffrables.

Cet exemple suffit, croyons-nous, pour montrer
combien il était impossible qu'une écriture demeurée essentiellement idéographique se propageât de
peuple en peuple, en dépit des différences d'idées
et de langages. Tant que les écritures n'avaient pas
répudié tout vestige d'idéographisme, elles devaient
forcément rester confinées chez le peuple qui les
avait vues naître ou dans un étroit rayon alentour.
L'invention de l'alphabet proprement dit pouvait
seule permettre à l'art d'écrire de rayonner sur toute
la surface du monde, et devenir le patrimoine commun des peuples des races les plus diverses.

XVII.

L'invention de l'alphabet proprement dit ne pouvait prendre naissance chez aucun des peuples qui
avaient créé les systèmes primitifs d'écriture débu-
tant par des figures hiéroglyphiques, avec leur idéographisme originaire, même chez celui qui était

parvenu jusqu'à l'analyse de la syllabe et à l'abstraction de la consonne. Elle devait être nécessairement l'œuvre d'un autre peuple, instruit par celui-ci.

En effet, les peuples instituteurs des écritures originairement idéographiques avaient bien pu, poussés par les besoins impérieux qui naissaient du développement de leurs idées et de leurs connaissances, introduire l'élément phonétique dans leurs écritures, donner progressivement une plus grande importance et une plus grande extension à son emploi, enfin porter l'organisme de cet élément à un très-grand degré de perfection. Mais des obstacles invincibles s'opposaient à ce qu'ils fissent le dernier pas et le plus décisif, à ce qu'ils transformassent leur écriture en une peinture exclusive des sons, en répudiant d'une manière absolue tout élément idéographique.

Le premier obstacle venait de l'habitude, cette seconde nature, qui exerce sur l'homme une si grande et si irrésistible influence. Perfectionner par un progrès graduel les règles d'un art qui a pris naissance entre vos mains, que vous avez créé vous-même, en lui conservant les bases essentielles sur lesquelles il s'est fondé, est chose facile. Mais rompre violemment avec une tradition de longs siècles, dont vos ancêtres ont été les auteurs, dans laquelle vous avez été élevé, à laquelle vous avez fini par vous identifier, est un effort surhumain et presque impossible.

Un second obstacle non moins fort venait de la

religion. Toutes les écritures primitives, par suite de leur nature symbolique elle-même et de leur génie, avaient un caractère essentiellement religieux et sacré. Elles étaient nées sous l'égide du sacerdoce, inspirées par son esprit de symbolisme. Dans la première aurore de civilisation des peuples primitifs, l'invention de l'art d'écrire avait paru quelque chose de si merveilleux que le vulgaire n'avait pas pu la concevoir autrement que comme un présent des dieux. Aussi le système hiéroglyphique était-il appelé par les Égyptiens eux-mêmes 𓊹𓏏𓂋𓏜,

« écriture des dieux ». Sur le célèbre caillou Michaux, parmi les principaux symboles de la religion chaldéenne, nous voyons le clou, ►—, élément fondamental du tracé adopté pour les caractères de l'écriture, placé sur un autel comme l'emblème du dieu Ao, l'intelligence, le verbe divin. Ainsi, à Babylone, on avait divinisé l'élément générateur des lettres. Nous verrons le même fait se reproduire dans l'Inde, où le caractère d'origine phénicienne appliqué à écrire le sanscrit reçoit le nom de *dévanagâri,* « écriture divine, » et où l'invention en est attribuée à Brahma; chez les peuples germaniques et scandinaves, où les runes, lettres de l'alphabet national, sont considérées comme essentiellement sacrées et douées d'une vertu magique, et où on les tient pour un présent d'Odin.

Bouleverser de fond en comble la constitution d'une écriture ainsi consacrée par la superstition religieuse, lui enlever absolument toute la part de symbolisme sur laquelle se fondait principalement son caractère sacro-saint, était une entreprise énorme et réellement impossible chez le peuple même où elle avait reçu une sanction si haute, car ç'eût été porter une atteinte directe à la religion. La révolution ne pouvait donc s'accomplir qu'à la suite d'un changement radical dans l'ordre religieux, comme il arriva par suite des prédications du christianisme dont les apôtres déracinèrent chez beaucoup de peuples (en Égypte, par exemple) les anciens systèmes d'écritures à l'essence desquels s'attachaient des idées de paganisme et de superstition; ou bien par les mains d'un peuple nouveau, pour lequel le système graphique reçu du peuple plus anciennement civilisé ne pouvait avoir le même caractère sacré, qui par conséquent devait être porté à lui faire subir le changement décisif au moyen duquel il s'appliquerait mieux à son idiome, en devenant d'un usage plus commode.

Ainsi ce ne sont pas les Chinois eux-mêmes qui ont amené leur écriture au pur phonétisme, et qui, rejetant tout vestige d'idéographisme, ont tiré de ses éléments un syllabaire restreint et invariable, avec un seul signe pour chaque valeur. Ce sont les Japonais qui ont emprunté aux types *kiài* et *thsao* de l'écriture mixte du Céleste-Empire leurs syllabaires *kata-kana* et *fira-kana*, en abrégeant le tracé de certains signes pour les rendre plus faciles à écrire, et en modifiant légèrement celui de certains autres pour éviter les confusions qui auraient pu résulter de formes analogues.

De même, les Égyptiens, après être parvenus jusqu'à la conception de l'*alphabétisme*, ne franchirent point le dernier pas et ne surent pas en tirer l'invention de l'*alphabet* proprement dit. Ils laissèrent à un autre peuple la gloire de cette grande révolution, si féconde en résultats et si heureuse pour les progrès de l'esprit humain.

XVIII.

Mais tous les peuples n'étaient pas à même de consommer l'invention de l'alphabet. Si, comme nous venons de le faire voir, des obstacles invincibles provenant à la fois des habitudes et de la religion s'opposaient à ce que les Égyptiens tirassent eux-mêmes cette conséquence de la découverte qui leur avait fait transformer les signes d'abord syllabiques en de véritables lettres, il fallait pour accomplir le dernier progrès un peuple placé dans des conditions particulières et doué d'un génie spécial.

Avant tout il fallait un peuple qui par sa situation géographique touchât à l'Égypte et eût été soumis à une profonde influence de la civilisation florissante sur les bords du Nil. C'est en effet seulement dans ces conditions qu'il pouvait prendre pour point de départ la découverte des Égyptiens, base indispensable du progrès dernier qui devait consister à bannir de l'écriture tout élément idéographique, à assigner un seul signe à la représentation de chaque articulation, enfin de cette manière à constituer pour la première fois un alphabet proprement dit.

Mais cette condition matérielle n'était pas suffisante. Il en fallait d'autres dans les instincts et le génie de la nation.

Le peuple appelé à donner ainsi à l'écriture humaine sa forme définitive devait être un peuple commerçant par essence, un peuple chez lequel le négoce fût la grande affaire de la vie, un peuple qui eût à tenir beaucoup de comptes courants et de livres en partie double. C'est en effet dans les transactions commerciales que la nature même des choses devait nécessairement faire le plus et le plus tôt sentir les inconvénients, signalés par nous tout à l'heure, du mélange de l'idéographisme, ainsi que de la facilité de multiplier les homophones pour la même articulation, et conduire à chercher un perfectionnement de l'écriture dans sa simplification, en la réduisant à une pure peinture des sons au moyen de signes invariables, un pour chaque articulation.

Ce n'est pas tout encore. Une dernière condition était nécessaire. L'invention ne pouvait être consommée que par un peuple qui, s'il avait été soumis à une très-forte influence égyptienne, professât pourtant une autre religion que celle des bords du Nil, un peuple même qui fût très-peu religieux, et au fond presque athée; — ce qui, du reste, nul ne l'ignore, dans l'esprit du paganisme, pouvait très-bien se concilier avec un panthéon fort peuplé. Autrement, en effet, il n'aurait pas été capable de briser les entraves religieuses qui s'opposaient au rejet absolu de l'antique symbolisme et à la révolution dont le résultat forcé devait faire de l'écriture une chose profane, purement civile et indifférente, au lieu d'une chose sacrée qu'elle avait été jusqu'alors.

En un mot, si l'invention définitive de l'alphabet ne pouvait avoir pour auteur qu'un peuple voisin de l'Égypte, soumis à son influence et ayant reçu communication de sa grande découverte philosophique de la décomposition de la syllabe, il fallait encore que le génie de ce peuple, pour parler un jargon fort à la mode de nos jours, fût essentiellement *positiviste*.

Tel est le génie des Japonais, en même temps que leurs conditions de situation géographique et de soumission à l'influence par rapport à la Chine sont exactement celles où nous venons de dire qu'avait dû se trouver par rapport à l'Égypte le peuple à qui fut due enfin l'invention de l'alphabet. Aussi sont-ce les Japonais qui ont réduit l'écriture symbolico-phonétique des Chinois à un pur syllabaire de 47 caractères.

Dans le monde ancien il n'y a jamais eu qu'un seul peuple qui ait rempli à la fois toutes les conditions que nous venons d'énumérer, voisinage de l'Égypte, action de l'influence égyptienne sur lui dès une époque très-reculée, activité commerciale supérieure à celle de tout autre peuple de l'antiquité, enfin religion autre que celle de l'Égypte et très-faible développement du sentiment religieux, inhérent cependant à la nature même de tous les hommes : ce furent les Phéniciens.

Ainsi les Phéniciens seuls, par la réunion de toutes ces circonstances, étaient capables de tirer un dernier progrès de la découverte des Égyptiens, et de pousser la conception de l'alphabétisme à ses dernières conséquences pratiques, en inventant l'alphabet proprement dit. Ce fut en effet ce qui arriva, et la gloire du dernier et du plus fécond progrès de l'art d'écrire appartient en propre aux fils de Chanaan.

XIX.

Le témoignage de l'antiquité est unanime pour leur attribuer cette gloire.

Qui ne connaît les vers tant de fois cités de Lucain, épigraphe toute trouvée pour ceux qui traitent la question dont nous avons fait, quant à présent, le sujet de nos études?

> Phœnices primi, famæ si creditur, ausi
> Mensuram rudibus vocem signare figuris.
> Nondum flumineas Memphis contexere biblos
> Noverat ; et saxis tantum, volucresque feræque,
> Sculptaque servabant magicas animalia linguas (1).

Pline dit également : *Ipsa gens Phœnicum in magna gloria litterarum inventionis* (2). Clément d'A-

---

(1) Lucan., *Pharsal.*, III, v. 220-224.
(2) *Hist. nat.*, V, 12, 13.

lexandrie : Φοίνικας καὶ Σύρους γράμματα ἐπινοῆσαι πρώ-
τους (1). Pomponius Méla se sert des termes suivants :
*Phœnicen illustravere Phœnices, sollers hominum
genus, et ad belli pacisque munia eximium ; litteras
et litterarum opera, aliasque etiam artes, maria navi-
bus adire, classe confligere, imperitare gentibus,
regnum prœliumque commenti* (2). Enfin, pour nous
borner aux témoignages considérables et laisser de
côté ceux d'une valeur secondaire, on se souvient
des expressions de Diodore de Sicile (3) : Σύροι εὑρε-
ταὶ τῶν γραμμάτων εἰσί.

Ici les témoignages littéraires sont pleinement
confirmés par les découvertes de la science moderne. Nous ne connaissons aucun alphabet proprement dit antérieur à celui des Phéniciens, et tous
ceux dont il existe des monuments, ou qui se sont
conservés en usage jusqu'à nos jours, procèdent
plus ou moins directement du premier alphabet,
combiné par les fils de Chanaan et répandu par eux
sur la surface du monde entier.

XX.

Mais si les Phéniciens, comme nous sommes ame-
nés à le reconnaître par tout ce qui précède, bien
que n'ayant pas inventé le principe des lettres al-

(1) *Stromat.*, I, 16, 75.
(2) *De sit. orb.*, I, 12.
(3) V, 74.

phabétiques, furent les premiers à l'appliquer dans ses dernières conséquences, en rendant l'écriture exclusivement phonétique, et composèrent le premier alphabet proprement dit, où en puisèrent-ils les éléments?

Beaucoup d'opinions divergentes ont été émises sur ce point, et lorsque l'Académie des Inscriptions et Belles-Lettres proposa pour la première fois au concours le sujet que nous avons essayé de traiter dans ce mémoire, elle joignait à la question de la diffusion de l'alphabet phénicien dans le monde antique celle de son origine. Mais depuis, cette partie du programme a été retranchée, pour restreindre quelque peu l'immense étendue du sujet offert aux efforts des concurrents. La question d'origine avait d'ailleurs, dans l'intervalle, été résolue dans un mémoire capital de M. de Rougé, d'une manière que, pour notre part, nous regardons comme définitive.

Bien que cette question ne fasse plus partie du programme du concours pour lequel nous osons entrer dans la lice, il nous semble nécessaire d'en dire quelques mots dans la présente introduction, en prenant pour guide le savant académicien dont nous venons de rappeler le travail.

Trois systèmes principaux ont été produits à ce sujet.

Le premier, auquel se rangeait encore Gesenius, tendait à considérer les lettres phéniciennes comme sans rapport avec les autres systèmes graphiques des âges primitifs et découlant d'un hiéroglyphisme dont les figures originaires seraient expliquées par les appellations de la nomenclature conservée à la fois chez les Grecs et chez les Hébreux.

Ce système, fort spécieux tant que l'immortelle découverte de Champollion n'avait pas révélé l'existence de l'élément alphabétique dans les hiéroglyphes égyptiens, a été depuis lors généralement abandonné des savants, dont la tendance a été plutôt de chercher en Égypte l'origine des caractères phéniciens. Et en effet, si la tradition antique est unanime à présenter les Chananéens comme les auteurs du premier alphabet, une masse imposante de témoignages indique leurs lettres comme puisées à la source du système graphique des Égyptiens. Un célèbre passage de Sanchoniathon (1) nomme Taauth, c'est-à-dire Thoth-Hermès, représentant de la science égyptienne, comme le premier instituteur des Phéniciens dans l'art de peindre les articulations de la voix humaine. Platon (2), Diodore (3), Plutarque (4), Aulu-Gelle, prouvent la perpétuité de cette tradition. Tacite enfin, qui nous a conservé le nom de Rhamsès comme étant celui du pharaon conquérant dont les prêtres expliquaient les victoires représentées sur les murailles des édifices de Thèbes, Tacite se montre également bien informé sur l'origine des signes de l'alphabet chananéen, lorsqu'il dit que les lettres ont été originairement apportées d'Égypte en Phénicie : *Primi per figuras*

---

(1) *Ap.* Euseb., *Præpar. evangel.*, I, 10, p. 22, ed. Orelli.
(2) *Phædr.*, 59.
(3) I, 69.
(4) *Quæst. conviv.*, IX, 3.

*animalium Ægyptii sensus mentis effingebant (ea
antiquissima monumenta memoriæ humanæ impressa
saxis cernuntur) et litterarum semet inventores perhi-
bent. Inde Phœnicas, quia mari præpollebant, intu-
lisse Græciæ; gloriamque adeptos, tanquam repere-
rint, quæ acceperant* (1).

En présence de ces témoignages et de la certitude
désormais possédée de l'existence du principe fondamental de l'alphabétisme chez les Égyptiens nombre de siècles avant la formation du premier alphabet chez les Phéniciens, l'origine égyptienne des
signes adoptés par les fils de Chanaan pour peindre
les diverses articulations de la parole ne paraît guère
pouvoir être mise en doute. Mais, ici encore, il
faut choisir entre deux systèmes principaux sur la
manière dont les Phéniciens empruntèrent à l'É-
gypte les éléments de leur alphabet.

L'un de ces systèmes est celui de mon père,
produit dès 1838 par son auteur, mais qui n'a
pas eu d'autre publicité que celle de son cours
dans la chaire d'histoire ancienne de la Sor-
bonne. Il considère comme empruntées à l'Égypte
les figures et non les valeurs des lettres phéniciennes.
Les Phéniciens, d'après ce système, auraient choisi
dans la masse des hiéroglyphes un certain nombre
de figures, auxquelles ils auraient donné de nouvelles
puissances phonétiques, en suivant, comme les Égyptiens, pour l'établissement de ces valeurs, la méthode acrologique, mais en l'appliquant à leur pro-

____

(1) *Annal.*, XI, 14.

pre langue et en faisant de chacune des figures ainsi choisies le signe de l'articulation initiale du mot qui y correspondait dans l'idiome chananéen. Ainsi l'on aurait emprunté aux monuments égyptiens le dessin d'une *tête de bœuf*, et, sans·s'inquiéter de ce que cette figure pouvait signifier dans les hiéroglyphes, on en aurait fait le 𐤀 du système phénicien, parce que le mot « bœuf », אלף, commençait par cette articulation. Le 𐤁 serait une abréviation formée par synecdoche du *plan de maison*, 𐤁, auquel la valeur de ב, tout autre que celle qu'il avait chez les Égyptiens, aurait été attribuée à cause du mot בית, « maison » ; le O serait le signe hiéroglyphique de la *prunelle de l'œil*, affecté à un rôle tout nouveau en vertu de la méthode acrologique et par suite de la forme du mot qui signifiait « œil » en phénicien, עין. Le système de mon père peut donc se résumer en deux mots de la manière suivante :

1° Emprunt à l'Égypte du principe de l'alphabétisme et de la méthode acrologique pour le choix des caractères destinés à représenter les différentes articulations ;

2° Emprunt également fait à la même source du système d'après lequel sont tracées les figures affectées au rôle de lettres ;

3° Mais en même temps valeurs nouvelles pour ces figures, lesquelles valeurs sont puisées dans la langue phénicienne d'après la même méthode et le même principe qui avait fait puiser par les Égyptiens dans leur propre langue les valeurs des images qu'ils employaient alphabétiquement.

Le mémoire de M. de Rougé n'a pas non plus encore vu le jour, mais nous en connaissons la substance par l'analyse qui en a été donnée dans les *Comptes rendus de l'Académie des Inscriptions et Belles-Lettres* (1). Le système fondamental en consiste à laisser entièrement de côté la nomenclature hébraïque et grecque, et à considérer chaque lettre phénicienne comme devant provenir d'un signe égyptien exprimant, sinon d'une manière exactement précise la même articulation, du moins la plus analogue.

A priori, ce système est celui qui semble offrir le plus de chances d'exactitude et reposer sur le meilleur principe. En effet, si toutes les vraisemblances indiquent que les Phéniciens ont dû former leur alphabet sous l'influence et à l'imitation du principe de l'alphabétisme inauguré par les Égyptiens, qui seulement n'avaient pas su le dégager du mélange avec une forte proportion de signes encore idéographiques, il n'est guère probable que ce peuple aurait emprunté à l'Égypte le dessin de ses lettres sans y puiser en même temps les valeurs qu'ils leur assignaient. Lorsque les Japonais ont tiré de l'écriture chinoise les éléments de leurs syllabaires, ils n'ont point procédé de cette manière ; ils ont pris au système graphique de l'Empire du Milieu les valeurs en même temps que les figures. Or, il ne serait pas

(1) T. III (1859), p. 115-124.

naturel de supposer que les Phéniciens aient agi par rapport à l'écriture égyptienne autrement que les Japonais par rapport à l'écriture chinoise, lorsque le but qu'ils poursuivaient et les résultats qu'ils atteignirent étaient exactement les mêmes, la suppression de tout élément idéographique dans l'écriture, et sa réduction à un pur phonétisme employant un petit nombre de signes invariables, sans homophones.

M. de Rougé pose avec une grande rigueur les règles critiques qui, pour l'application et la justification de son système, doivent guider dans les comparaisons entre les signes égyptiens et les lettres phéniciennes de manière à établir l'origine de ces dernières. Ces règles reposent précisément sur les principes qui servent de base fondamentale à toutes les recherches du présent mémoire, principes dont nous nous sommes efforcé de ne jamais nous départir en tentant de reconstituer la filiation des diverses écritures alphabétiques sorties plus ou moins directement de la source phénicienne.

Il faut, dit l'éminent égyptologue, pour arriver à un résultat conforme à toutes les exigences de la saine critique :

1° Choisir comme premier élément de comparaison le type phénicien le plus archaïque ;

2° Rechercher la forme des caractères égyptiens cursifs à une époque aussi reculée que l'origine de l'alphabet phénicien ;

3° Ne comparer les lettres chananéennes qu'à des signes qui dans les textes égyptiens jouent presque

7

constamment le rôle de phonétiques ordinaires et indépendants de toute signification idéographique, et qui, en même temps, y aient des valeurs purement alphabétiques;

4° Établir la comparaison signe à signe et en se conformant à la correspondance des articulations dans les deux langues;

5° Faire ressortir les ressemblances des lettres ainsi rapprochées et chercher à expliquer d'une manière satisfaisante les différences, en étudiant les circonstances qui ont pu déterminer leurs modifications respectives.

La première partie du Mémoire auquel ces pages servent d'introduction sera consacrée à la recherche du type le plus archaïque de l'alphabet phénicien, et nous espérons, à l'aide des documents nouveaux, acquis à la science dans les dernières années, parvenir à serrer la solution définitive de ce côté de la question de plus près encore que n'avait pu le faire M. de Rougé. Mais, bien loin d'infirmer les rapprochements du savant académicien, le pas en avant que nous espérons faire sur ce sujet n'aura pour résultat que de les rendre plus frappants et plus décisifs.

La seconde règle établie par M. de Rougé est d'une extrême importance. Il suffit de regarder les caractères de l'alphabet phénicien pour acquérir la certitude que, s'ils ont été empruntés à l'Égypte, ils ne peuvent procéder directement des hiéroglyphes, mais seulement de la tachygraphie appelée *hiératique*. Mais il y a au moins deux types fondamentaux et bien distincts de cette tachygraphie. L'un nous est constamment offert par les papyrus du temps de la XVIIIe et de la XIXe dynastie, et prit bien évidemment son origine dans la grande renaissance de toutes les institutions égyptiennes qui suivit l'expulsion des Pasteurs. L'autre était en usage avant l'invasion de ces conquérants étrangers et l'interruption qu'elle produit dans l'histoire d'Égypte, coupée par cet événement en deux parties que l'on a appelées l'*ancien* et le *nouvel empire*.

Le type le plus antique et le plus parfait en est le célèbre manuscrit de la Bibliothèque impériale connu sous le nom de *papyrus Prisse*, le plus ancien livre du monde de l'aveu de tous les savants, dans lequel se lisent les noms de plusieurs rois des dynasties primitives. L'invention de l'alphabet phénicien, bien qu'on ne puisse en préciser la date, est évidemment, d'après tous les indices, un fait trop ancien pour que l'on doive mettre en parallèle avec les lettres de cet alphabet, et considérer comme ayant pu leur servir de types, les caractères de l'hiératique égyptien postérieur à la XVIIIe dynastie ; d'après toutes les vraisemblances historiques, c'est seulement l'hiératique de l'*ancien empire* qui a pu être la source de l'écriture des fils de Chanaan. Or, c'est précisément en prenant ce type le plus ancien de l'hiératique que l'on trouve à faire les rapprochements les plus séduisants entre les formes des signes exprimant les articulations correspondantes chez les Égyptiens et chez les Phéniciens. Dans le type des papyrus de la XVIIIe et de la XIXe dynastie, plusieurs des ressemblances

les plus frappantes se sont évanouies déjà, évidemment par suite de la marche divergente que les deux
peuples suivirent dans les modifications successives
du tracé de leurs écritures.

Nous venons de parler de la comparaison des signes exprimant les articulations correspondantes chez
les Égyptiens et chez les Phéniciens. La nécessité rigoureuse de se restreindre absolument à ces comparaisons constitue la quatrième règle posée par M.
de Rougé. Cependant il est manifeste que deux langues aussi différentes que le phénicien et l'égyptien
ne possédaient pas exactement le même nombre et
les mêmes nuances d'articulations. En admettant
donc que les Phéniciens composèrent leur alphabet
avec des lettres égyptiennes dont ils conservaient la
valeur aussi exactement que possible, ils durent se
trouver en face de difficultés tout à fait analogues à
celles que rencontrèrent les peuples de la Grèce, de
l'Espagne ou de la race germano-scandinave, dans
l'application qu'ils firent des signes phéniciens à l'é-
criture de systèmes de langues si profondément différents des idiomes sémitiques.

Mais les rapports politiques et commerciaux entre
l'Égypte et les populations de race sémitique qui
touchaient immédiatement à sa frontière, étaient si
fréquents et si étroits, que les hiérogrammates
avaient presque à chaque instant l'occasion de tracer avec les lettres égyptiennes, dans les pièces qu'ils
rédigeaient, des mots ou des noms propres empruntés aux idiomes sémitiques. De ces occasions et du
besoin qu'elles faisaient naître était résulté, par une

conséquence naturelle et presque inévitable, l'établissement de règles fixes d'assimilation entre les articulations de l'organe sémitique et celles de l'organe égyptien. Il y en avait un certain nombre de communes et d'exactement semblables entre les deux ordres d'idiomes; pour celles-ci, point n'avait été de difficulté. Les hiérogrammates les rendaient par les phonétiques ordinaires dont la prononciation était exactement semblable. Quant aux articulations qui ne se correspondaient pas d'une manière précise d'un côté et de l'autre, une convention générale et rigoureusement observée faisait transcrire chaque articulation de l'organe sémitique absente de l'organe égyptien, par les figures affectées à la représentation d'une certaine articulation de la langue de l'Égypte, que l'on avait considérée comme le plus analogue. Ainsi le ז et le צ des Sémites se rendaient par les signes qui dans l'usage habituel des Égyptiens peignaient l'articulation figurée en copte par ϫ, articulation dont le son exact paraît avoir été intermédiaire entre *dj* et *sj*. א était assimilé au son vocal vague flottant entre *a* et *o*, que représentaient l'*aigle*, 𓅐 le *bras*, ___J, ou le *roseau*, 𓏏. L'égyptien n'admettait pas la distinction du ט et du ת, fondamentale chez les Sémites; il n'avait qu'un seul *t*. Mais parmi les différents signes affectés à la représentation de cette valeur phonétique, les hiérogrammates, afin que l'on ne pût se méprendre dans leurs transcriptions sur le point de savoir si c'était d'un ט ou d'un ת qu'il s'agissait, en choisirent deux, parfaite-

ment homophones et s'échangeant perpétuellement
dans l'orthographe des mots égyptiens, pour faire de
l'un, ⚊, le correspondant constant et invariable
du ט dans les transcriptions de noms et de mots sémitiques, et de l'autre, ▰, le correspondant du ת.

M. Hincks a le premier tenté de dresser, d'après
les monuments relatifs aux conquêtes des Pharaons
en Asie, un tableau de la concordance d'articulations
ainsi établie entre l'égyptien et les langues sémitiques. Le travail du savant irlandais, qui remonte à
1847, a été complété et rectifié de la manière la plus
heureuse par M. Brugsch dans sa *Géographie des
monuments hiéroglyphiques*. Sans doute, on ne saurait suivre l'égyptologue de Berlin sur le terrain où
il se place, en prétendant trouver dans les transcriptions égyptiennes de mots sémitiques la prononciation précise des hiéroglyphes phonétiques au temps
de la XVIIIᵉ dynastie, en soutenant que les correspondances ainsi établies par les hiérogrammates révèlent une identité absolue de valeurs et non, en
certains cas, une simple approximation. Mais ceci ne
touche en rien à l'exactitude avec laquelle il a su
établir ces correspondances, et son travail n'en demeure pas moins la base indispensable de toute comparaison entre les lettres phéniciennes et les signes
hiératiques de l'âge de l'*ancien empire,* pour en rechercher l'origine. En effet, du moment qu'il a existé
chez les Égyptiens des règles fixes pour la transcription des articulations sémitiques avec les phonétiques
de leur écriture, on ne saurait en bonne critique
chercher la source et l'origine de la lettre dont les

Phéniciens ont fait le signe représentatif de chacune de ces articulations, que parmi les caractères que les hiérogrammates de l'Égypte ont spécialement affectés à la peindre.

L'application rigoureuse des règles que nous venons d'exposer a conduit M. de Rougé à dresser un tableau comparatif des lettres phéniciennes avec les formes que revêtent dans le papyrus Prisse les signes hiératiques d'un emploi phonétique indifférent qui ont servi d'ordinaire sous la plume des scribes égyptiens à en transcrire les articulations. Ce tableau nous paraît décisif et ne plus laisser place au doute sur la manière dont les fils de Chanaan allèrent chercher dans l'écriture tachygraphique des Égyptiens, leurs instituteurs, les éléments avec lesquels ils combinèrent leur alphabet. Nous le reproduirons donc, mais en y apportant une modification importante, en substituant dans la colonne du phénicien aux formes empruntées par M. de Rougé à l'inscription du sarcophage d'Eschmounazar, monument de date comparativement récente, celles que dans la première partie de notre Mémoire nous croyons pouvoir établir comme positivement archaïques. Le résultat de cette modification sera de rendre les rapprochements encore plus étroits et plus convaincants.

HIÉRATIQUE ÉGYPTIEN.	PHÉNICIEN ARCHAÏQUE.

HIÉRATIQUE ÉGYPTIEN.	PHÉNICIEN ARCHAÏQUE.

Quinze lettres phéniciennes sur vingt-deux, on le voit par ce tableau, sont assez peu altérées pour que leur origine égyptienne se reconnaisse du premier coup d'œil comme certaine. Les autres, quoique plus éloignées du type hiératique, peuvent encore y être ramenées sans blesser les lois de la vraisemblance, d'autant plus que l'on reconnaît facilement que leurs altérations se sont produites en vertu de lois constantes.

Ainsi les formes arrondies sont devenues généralement anguleuses, ce qui doit tenir avant tout à une différence dans le procédé matériel de l'écriture, car les différences de ce genre, on en trouvera de nombreux exemples dans le cours de notre Mémoire, ont eu toujours une grande part aux changements de forme des lettres transmises d'un peuple à un autre. L'hiératique égyptien se traçait à l'encre, avec le calame ou le pinceau, sur les feuilles de papyrus aplanies et préparées. Ni monuments ni témoignages anciens ne nous révèlent d'une manière positive comment les Phéniciens traçaient leur écriture dans les usages ordinaires et non monumentaux ; mais aux formes anguleuses de leurs lettres il semble qu'ils devaient, du moins au début, écrire comme le font encore certains peuples de l'Inde, avec une pointe sur des planchettes de bois minces ou des écorces d'arbres.

Quelques signes égyptiens hiératiques ont été abrégés dans le phénicien, exactement comme certains des signes chinois adoptés par les Japonais l'ont été dans les syllabaires *Kata-Kana* et *Fira-Kana*.

L'écriture a été soumise par les fils de Chanaan à une régularisation générale ; certaines lettres se sont redressées et resserrées dans le sens horizontal.

En appliquant ces observations, qui constituent autant de principes constants de la déformation, il n'est pas une seule des lettres phéniciennes, même de celles qui dans notre tableau ont pu paraître le plus altérées, qui ne se ramène facilement et sûrement à son prototype hiératique.

XXI.

Nous regardons par conséquent la question de l'origine des lettres phéniciennes comme définitivement résolue par M. de Rougé.

Les Chananéens n'empruntèrent pas seulement à l'Égypte le principe de l'alphabétisme, mais encore les figures et les valeurs de leurs lettres. Leur invention constitua le dernier progrès du développement du système graphique né sur les bords du Nil, en tirant de ce système les éléments d'un véritable alphabet et en bannissant de l'écriture tout ce qui était de non-phonétisme.

Mais dès lors, en admettant cette manière de voir, qui nous semble incontestable, la nomenclature des lettres phéniciennes, telle qu'elle nous a été conservée par les Hébreux et les Grecs, bien que remontant à une date fort ancienne, puisqu'elle est antérieure à la communication de l'art d'écrire aux premiers habitants des contrées helléniques, ne saurait être considérée comme contemporaine de l'origine même de l'alphabet des fils de Chanaan et comme en rapport exact avec les figures hiéroglyphiques d'où découlaient en réalité les caractères de cet alphabet. Ainsi l'hiératique 𝓛 , d'où provient ✗ , est la tachygraphie de la figure de l'*aigle*, 🦅 , et son nom, אלף, en grec Ἄλφα, signifie « bœuf ». 𝟡 sort de ⤳, tachygraphie de l'image d'une sorte de *grue*, 🦩 , et le nom qui lui est assigné, בת, en grec Βῆτα, veut dire « maison ». 𝟜 provient du cursif de la *main*, ➤, ➤ , et on l'appelle דלת, en grec Δέλτα « porte », et ainsi de tous les autres signes. Pas une seule fois la nomenclature retenue par les Grecs et les Hébreux ne se trouve coïncider avec la véritable origine hiéroglyphique des signes.

Il faut donc considérer cette nomenclature comme une invention postérieure, combinée lorsque la tradition de la véritable origine des lettres s'était oblitérée déjà par l'effet du temps, — ce qui, par parenthèse, amène à reporter bien haut le point de départ de l'existence de l'alphabet phénicien, puisqu'un effet qui demande nécessairement, comme celui-ci, un laps assez considérable de temps, s'était déjà produit avant la diffusion de l'alphabet en Grèce, attribuée par la légende à Cadmus. On pourrait conjecturer avec assez de vraisemblance que l'établissement de la nomenclature dont nous parlons fut contempo-

rain de la fixation de l'ordonnance de la série des
lettres, qui elle aussi ne paraît pas remonter à l'origine et à la première invention.

Dans tous les cas, le principe acrologique pour
la figuration des valeurs phonétiques de l'écriture
était si bien entré dans les habitudes et les idées des
peuples anciens, que cette nomenclature fut fondée
sur une application du principe, exactement inverse
de celle qui avait eu lieu chez les Égyptiens. Ceux-ci
avaient donné à un certain nombre d'images d'a-
nimaux ou d'objets matériels la puissance de représenter l'articulation initiale des noms des objets de
ces images dans leur idiome. Ayant perdu la tradition des figures d'où provenaient en réalité leurs
lettres, les Phéniciens cherchèrent dans ces lettres
une sorte d'hiéroglyphisme grossier et leur donnèrent les noms des objets matériels désignés dans
leur propre langue par des mots ayant pour initiale
l'articulation peinte par chacune d'entre elles, qui
leur semblèrent le mieux rappelés par leur tracé.

ℵ parut ressembler tant bien que mal à une *tête
de bœuf;* on nomma ce signe אֶלֶף. Un certain rapport que l'on crut pouvoir établir entre la figure △
et un *battant de porte,* fut cause qu'on l'appela
דֶּלֶת, « porte ». La comparaison établie entre
4 et un *clou* ou un *pieu* donna naissance au nom
וָו. « clou »; entre ⊟ ou ⊟ et une *barrière,* à
חֵית, « clôture »; entre Z et une *main* avec les
doigts ouverts, à יוֹד, « main »; entre ⊕ et un *ser-*

pent enroulé sur lui-même, se mordant la queue, à
טִיט , « serpent » ; entre ✦ ou ✦ et un objet
monté sur un *support*, à סָמֶךְ, « support » ; entre
O et un *œil*, à עַיִן, « œil » ; entre ⊢ ou ⋎ et un
javelot avec sa courroie (*Amentum*), à צְדִי, « trait
pour la chasse » ; entre φ et un *nœud* de corde, à
קוֹף « nœud » ; entre ◁ et une *tête* portée sur le
col, à רֵישׁ « tête » ; entre ✺ et une rangée de *dents*
à שִׁין, « dents ». Il est évident que toutes les appellations de la nomenclature durent emprunter leur
origine à des rapprochements du même genre ; mais
nous ne parvenons guère à saisir les ressemblances
que les Phéniciens crurent pouvoir remarquer entre
certaines de leurs lettres et les objets dont ils leur
donnèrent les noms. Ainsi, nous ne nous rendons
pas bien compte de l'analogie trouvé entre ห ou
ฯ et un *réchaud*, כַּף, ฑ et les *eaux*, מֵיִם, ฯ et un
poisson, נוּן, ʔ et un *visage*, פֵּא, ✚ ou ✕ et
une *gazelle*, תָו. Mais il est certain que les Chananéens avaient été moins difficiles que nous et avaient
trouvé ces analogies qui nous échappent, puisqu'ils
donnèrent aux signes des noms qui les rappelaient.

Telle est la manière dont nous pensons que doit
être expliquée la formation de la nomenclature des
lettres phéniciennes, sans rapports avec l'origine
réelle de ces lettres. Pour ceux qui auraient quelque
peine à l'admettre, nous les renverrons à la VIIe partie de notre Mémoire, où ils verront le même fait se

reproduire exactement pour les runes des peuples germaniques et scandinaves.. Nous croyons pouvoir établir l'origine directement phénicienne des runes ; mais, si les figures et les valeurs des lettres chananéennes furent ainsi transmises aux nations qui s'établirent depuis dans le nord de l'Europe, il n'en fut pas de même des appellations de ces lettres. Aussi les Germains et les Scandinaves créèrent-ils pour leurs runes une nomenclature nouvelle et à eux particulière, fondée en partie sur des ressemblances grossières remarquées entre le tracé de ces signes et l'apparence de certains objets matériels, et en partie sur les idées magiques et superstitieuses qu'ils attachaient à chaque rune.

De même lorsque les missionnaires chrétiens, saint Patrice et ses disciples, apportèrent aux Irlandais les lettres latines et les appliquèrent à la représentation de leur idiome, les habitants d'Erin ne prirent pas la nomenclature grecque, enseignée dans les écoles latines, comme on le voit par le vers célèbre de Juvénal (1),

Hoc discunt omnes ante *alpha* et *beta* puellæ,

mais créèrent des nomenclatures nouvelles (2), dont l'une désigne chaque lettre par l'appellation d'un personnage de l'histoire sacrée ou des légendes nationales, et l'autre leur donne des noms d'arbres ou de plantes, nomenclatures qui correspondent, comme

(1) Satir. IX, v. 209.
(2) Voici ces deux nomenclatures, peu connues et dignes d'être relatées

celles des runes, à une ordonnance particulière de la série des signes de l'alphabet.

XXII.

Nous nous sommes efforcé jusqu'à présent de reconstituer les étapes successives qui conduisirent

ici, telles que les donnent les manuscrits de l'*Uraicecht*. Voy. O'Donovan , *Irish grammar*, p. **XXXI** et suiv.

I. *Bobel-Loth.*

B.	Bobel.	NG.	Ngoimer.
L.	Loth.	SD.	Sdru.
F.	Foronn.	R.	Ruben.
S.	Saliath.	A.	Achab.
N.	Nabgadon.	O.	Ose.
H.	Hiruath *ou* Urias.	U.	Uriath.
D.	Davith.	I.	Etrocuis *ou* Esu.
T.	Talemon.	FU.	Iachim *ou* Iumelchus.
C.	Cai.	OI.	Ordinos.
Q.	Qualep.	UI.	Judæmos.
M.	Mareth.	IO.	Jodonius.
G.	Gath.	AO.	Aifrin.

II. *Bethluisnion.*

B.	*Beith*, bouleau.	P.	*Petroc* (sens inconnu).
L.	*Luis*, frêne de montagne.	ST.	*Straif*, prunellier.
F.	*Fearn*, aulne.	R.	*Ruis*, sureau.
S.	*Sail*, saule.	A.	*Ailm*, sapin.
N.	*Nion*, frêne.	O.	*Onn*, genêt épineux.
H.	*Huat*, aubépine.	U.	*Ur*, bruyère.
D.	*Duir*, chêne.	E.	*Eadhadh*, tremble.
T.	*Tinne* (sens inconnu).	I.	*Idhadh*, if.
C.	*Coll*, coudrier.	EA.	*Eabhadh*, peuplier.
Q.	*Queirt*, pommier.	OI.	*Oir*, fusain.
M.	*Muin*, vigne.	UI.	*Uilleann*, chèvrefeuille.
G.	*Gort*, lierre.	IO.	*Ifin*, groseillier.
NG.	*Ngedal*, roseau.	AO.	*Amhancholt* (sens inconnu).

depuis la première origine de l'art d'écrire jusqu'à l'invention, définitive de l'alphabet. Nous avons vu combien cette grande et féconde invention, qui amena l'écriture à son dernier degré de perfection et en fit un instrument complétement digne de la pensée humaine, fut lente à se produire, combien péniblement elle se dégagea, par une marche graduelle, de l'idéographisme originaire. Nous avons vu comment pour y parvenir il avait fallu la combinaison des efforts successifs et des génies variés d'un peuple philosophe, les Égyptiens, qui sut concevoir la décomposition de la syllabe et l'abstraction de la consonne, puis d'un peuple pratique et marchand, les Phéniciens, qui rejeta tout élément idéographique et réduisit le phonétisme, demeuré seul, à l'emploi d'une figure unique pour représenter chaque articulation. Mais aussi cette invention, qui demeurera l'éternelle gloire des fils de Chanaan, ne fut faite qu'une seule fois dans le monde et sur un seul point de carte, et, une fois accomplie, elle rayonna partout de proche en proche.

Nous avons dit un peu plus haut que tous les alphabets proprement dits, qui ont été ou qui sont encore en usage sur la surface du globe, se rattachent plus ou moins immédiatement à l'invention des Phéniciens et sortent tous de la même source, dont ils sont éloignés à des degrés divers. C'est la démonstration de ce fait qui constitue le sujet de notre Mémoire.

XXIII.

La question posée par l'Académie des Inscriptions et Belles-Lettres, et à laquelle nous avons essayé de répondre, était ainsi conçue :

« Rechercher les plus anciennes formes de l'alpha-
« bet phénicien ; en suivre la propagation chez les
« divers peuples de l'ancien monde ; caractériser les
« modifications que ces peuples y introduisirent
« afin de l'approprier à leurs langues, à leur organe
« vocal, et peut-être aussi quelquefois en le combi-
« nant avec des éléments empruntés à d'autres sys-
« tèmes graphiques. »

Le travail que nous soumettons au jugement de l'illustre Compagnie, en réponse à cette question proposée par elle, est le fruit de huit années de recherches assidues. Nous sommes le premier à en confesser toute l'imperfection, et ce n'est qu'en trem-blant que nous le plaçons sous les yeux de nos juges. Notre seule excuse pour des résultats aussi in-complets, pour un travail aussi peu digne de l'Aca-démie à laquelle nous le présentons, — mais nous nous hâtons d'invoquer cette excuse afin d'obtenir du moins l'indulgence, — est dans l'immensité même du sujet, écrasant pour nos faibles épaules. Ce n'est pas sans intention, ni par une feinte modestie, que nous avons pris pour épigraphe les paroles légère-ment modifiées du poëte latin,

Materies superabat opus;

8

c'est avec un sentiment très-réel de notre faiblesse
et de notre insuffisance devant un pareil sujet. Mais
malgré ce sentiment nous avons osé aborder l'entreprise, considérant qu'il y aurait toujours honneur à
l'avoir tentée, même sans y réussir. Tout notre espoir est que du moins nous serons parvenu à faire
que l'on ne traite pas notre audace de présomption.

XXIV.

En poursuivant nos études de paléographie comparative, en examinant soigneusement les diverses
écritures alphabétiques pour en rechercher la parenté et en établir les divergences, de manière à
pouvoir les classer par familles et à en reconstituer
la filiation, nous avons vu peu à peu se dégager à
nos yeux une vérité assez inattendue pour nous,
mais que nous croyons maintenant incontestable.
C'est l'existence du lien d'une origine commune entre toutes ces écritures, qui, sans exception, par des
courants de dérivation différents, découlent de la
source chananéenne.

On peut, pensons-nous, parvenir à rétablir d'une
manière presque certaine l'enchaînement des degrés
de filiation plus ou moins multipliés par lesquels
elles se relient à leur prototype originaire, et sur
cette reconstitution baser un classement des systèmes d'écritures alphabétiques par familles naturelles, à l'instar de ce que l'on a fait dans la botanique
et la zoologie. Du moment que la possibilité d'une

semblable entreprise s'est montrée à nous, il nous a semblé que là résidait le principal intérêt de la question posée par l'Académie et que de ce côté devaient se tourner nos efforts.

Nous avons donc eu la hardiesse d'aborder le sujet dans sa plus vaste étendue, pensant qu'il se renouvelait par l'extension même que nous lui donnions, en même temps qu'il prenait un intérêt plus général. Car à le restreindre dans l'étude de la filiation des alphabets le plus directement issus du type phénicien, il se fût tenu dans les limites d'une curiosité bien spéciale, et nous n'eussions pu, d'ailleurs, y ajouter que peu de chose aux résultats obtenus déjà par des hommes tels que Kopp et Gesenius, sous le point de vue de la paléographie sémitique, ou Franz et M. Mommsen sous celui de la paléographie grecque.

Notre Mémoire, par conséquent, se trouve être en réalité l'esquisse d'une histoire générale des écritures alphabétiques ramenées à l'origine phénicienne. Sur les points spéciaux qu'il englobe, la voie nous était ouverte par les plus illustres maîtres de la science, dont nous n'avons eu qu'à suivre les traces en profitant des résultats des découvertes si nombreuses que notre siècle a vu naître et qui se multiplient chaque jour. Mais dans la conception d'ensemble nous n'avions pas de prédécesseur. Aussi notre travail a-t-il naturellement toutes les imperfections d'un premier essai.

Ce que nous craignons surtout, c'est de n'être pas parvenu à rendre suffisamment certaine pour le lecteur la vérité fondamentale dont ce mémoire prétend être le développement et la démonstration, de ne pas l'avoir assez prouvée, mise dans une lumière assez éclatante. En ce cas, ce serait notre insuffisance qu'il faudrait en accuser. Nous n'étions peut-être pas capable de parvenir à démontrer complétement une vérité de cette importance. Mais la vérité n'en subsiste pas moins, et si, malgré tous nos efforts et toute notre bonne volonté, nous l'avons laissée obscurcie encore et douteuse, nous ne doutons pas qu'un jour quelque autre, plus heureux et surtout plus capable, ne parvienne à l'établir de manière à ce qu'elle demeure définitivement acquise à la science, au rang de ces vérités fondamentales sur lesquelles on n'élève plus de contestation.

XXV.

Conformément au programme de l'Académie, nous avons commencé notre travail en essayant de déterminer quel est, parmi les types divers d'écriture que nous offrent les monuments phéniciens, celui que l'on doit considérer comme véritablement archaïque et représentant le mieux la forme originaire des lettres de l'alphabet. Lors même que cette recherche n'aurait pas été comprise dans les termes de la question mise au concours, elle eût été toujours le point de départ indispensable de nos investigations sur les diverses familles de dérivés du système graphique des fils de Chanaan.

Après une première partie consacrée à l'étude que nous venons d'indiquer, nous abordons la propagation de l'alphabet phénicien dans les différentes régions du monde antique et la filiation des diverses écritures auxquelles, communiqué de peuple en peuple, il a donné naissance.

La grande et féconde invention des Phéniciens nous paraît avoir rayonné presque simultanément dans cinq directions différentes, en formant cinq troncs ou courants de dérivation, qui tous se subdivisent en rameaux ou familles au bout d'un certain temps d'existence.

Ce sont :

1° Le tronc *sémitique*, dans lequel les valeurs des lettres sont demeurées exactement les mêmes que chez les Phéniciens, sauf dans quelques dérivés peu nombreux, formés en Perse et dans les contrées immédiatement voisines, lesquels, servant à écrire des idiomes indo-européens, font des aspirations douces du phénicien de véritables voyelles. Ce tronc se subdivise en deux familles, *hebréo-samaritaine* et *araméenne,* dont chacune fait le sujet d'une partie spéciale de notre Mémoire.

2° Le tronc *central,* dont le domaine embrasse la Grèce, l'Asie Mineure et l'Italie. La transformation des signes d'aspirations douces, et même fortes, en signes de voyelles, y est de règle constante. Il comprend d'abord les diverses variétés de l'alphabet hellénique, sujet de notre IVᵉ partie, puis les alphabets dérivés du grec, comprenant trois familles, *albanaise, asiatique* (en prenant Asie dans le même sens étroit que les anciens Hellènes) et *italique*, que nous avons réunies ensemble dans notre V° partie.

3° Le tronc *occidental,* comprenant les écritures issues de la communication de l'alphabet faite par les colons tyriens aux habitants indigènes de l'Espagne antique. Ce tronc ne compte qu'une seule famille. Il a, comme le précédent, pour caractère fondamental la modification de valeur des signes d'aspirations phéniciens. Mais la tendance d'après laquelle les formes des lettres s'y altèrent est notablement différente.

4° Le tronc *septentrional,* ne comprenant non plus qu'une seule famille, que constituent les runes des peuples germaniques et scandinaves établis à dater d'une certaine époque dans le nord de l'Europe, mais venus de l'Asie, où ils résidaient encore pendant une partie des âges historiques et où ils durent recevoir communication de l'alphabet inventé par les Phéniciens. Les runes font le sujet de la VII° partie de notre Mémoire, comme les écritures de l'Espagne antique celui de la VI°.

5° Le tronc *indo-homérite,* caractérisé par l'apparition d'un nouveau principe, la notation des sons vocaux au moyen d'appendices conventionnels qui s'attachent à la figure de la consonne et en modifient quelquefois assez notablement la forme. Le lieu premier de dérivation paraît en avoir été l'Arabie méridionale. De là il a rayonné d'un côté sur l'Afrique, où les écritures des Éthiopiens et des Libyens forment une famille à part, avec l'himyaritique ou alphabet des anciens habitants de l'Yémen, de l'autre sur l'Ariane, où s'est constituée une écriture spéciale, et sur l'Inde, dont le plus ancien alphabet, le *magâdhi*, déjà rattaché par M. Albrecht Weber à la source phénicienne, a donné naissance à une énorme quantité de dérivés, qui se subdivisent en cinq familles, *dévanagârie*, *pâlie*, *dravidienne*, *océanienne* et *tibétaine*, que nous énumérons ici dans leur ordre chronologique de dérivation. L'himyaritique et ses dérivés, l'arien et le magâdhi, fournissent la matière de notre VIIIe partie. La IXe est consacrée aux alphabets de l'Inde et se termine par un coup d'œil sur l'influence que l'écriture dévanagârie exerça, par suite des prédications bouddhiques, sur le système graphique des Chinois, ainsi que sur les tentatives qui eurent lieu pour former un véritable alphabet avec les éléments symbolico-syllabiques de l'écriture du Céleste Empire.

Enfin notre Mémoire se clôt par une X^e partie, plus courte que toutes les autres, dont le sujet est la recherche de l'origine du seul alphabet qui ne rentre pas dans les familles que nous venons d'énumérer, l'alphabet cunéiforme perse. Cet alphabet nous semble, — et nous essayons de le démontrer, — le résultat d'une combinaison d'éléments phéniciens, altérés assez profondément par l'application forcée et systématique du système de tracé cunéiforme, avec d'autres éléments empruntés au syllabaire assyrien, mais transportés du rôle syllabique à celui de l'alphabétisme pur.

La filiation des nombreux alphabets que nous groupons dans ces troncs et dans ces familles est

longuement développée dans le cours de notre Mémoire, où nous nous efforçons de l'établir sur des
preuves convaincantes. Mais nous avons pensé qu'il
était utile de la résumer, telle que nous avons cru
pouvoir la reconstituer, dans une suite de tableaux
généalogiques placés à la fin de cette introduction.

XXVI.

Rien n'est plus dangereux que les comparaisons
d'écritures, lorsqu'on n'y procède pas d'après une
méthode rigoureuse et avec une critique inflexible.
Il n'est peut-être pas un ordre de matières où l'illusion soit plus facile, où un mirage trompeur se forme
plus rapidement et puisse entraîner à de plus graves erreurs.

La première nécessité pour atteindre un résultat
solide et vraiment scientifique dans notre étude de
paléographie comparative, était donc de fixer notre
méthode d'une manière immuable d'après les principes de critique qui pouvaient permettre d'arriver
à une certitude presque absolue.

En conséquence, nous nous sommes imposé la loi :

1° De commencer par établir, autant que faire se
pouvait, les dates précises des monuments que nous
possédons des écritures que nous voulions comparer ;

2° De faire de ces déterminations d'époques la
base fondamentale de nos rapprochements et de nos

tentatives pour rétablir la filiation des alphabets, sans jamais, quelque tentation que nous puissions en éprouver, nous écarter des données qu'elles fournissaient ;

3° De ne jamais établir de comparaison entre deux écritures pour rechercher leur filiation respective, que lorsque les documents historiques nous révélaient entre les peuples chez lesquels elles avaient été en usage des relations assez directes et assez intimes pour permettre de supposer la communication de l'alphabet de l'un à l'autre ;

4° D'éviter tout rapprochement, quelque séduisant qu'il pût être, entre des écritures usitées à plusieurs siècles d'intervalle ;

5° Enfin de considérer toujours, jusqu'à preuve matérielle et positive du contraire, entre deux écritures que l'application des règles précédentes nous permettait de rapprocher et de comparer, comme devant être la plus voisine du prototype originaire et la mère de l'autre, celle dont les monuments à date certaine remontent le plus haut dans la suite des siècles.

Telles sont les règles fondamentales de méthode dont nous nous sommes imposé de ne jamais nous départir. Nous osons espérer que leur application inflexible nous aura mis à l'abri des plus graves erreurs auxquelles on eût été exposé dans des recherches de ce genre faute de lois critiques assez sévères qui eussent guidé dans les rapprochements.

XXVII.

Toute écriture subit par l'usage et par le cours du temps des variations considérables et s'éloigne de son type primitif par une marche constante et graduelle. La transmission d'un peuple à un autre augmente encore l'action de cette tendance et précipite la déformation.

C'est là un principe qui peut être posé avec certitude et qui ne souffre aucune exception. Mais on ne saurait formuler de lois pour la plus ou moins grande rapidité des progrès de cette déformation. Elle dépend en effet des causes les plus diverses et par conséquent ne suit en aucun endroit la même marche. Chez deux peuples dont les écritures sont sœurs, nous voyons l'une s'altérer avec une extrême rapidité, et l'autre s'immobiliser, pour ainsi dire, en présentant ce que les naturalistes appellent un *arrêt de développement.*

Tout ce que l'on peut établir à ce sujet comme principes généraux consiste dans les deux suivants, dont la justification sera fournie dans le cours de notre Mémoire par de nombreux exemples :

1° Le plus ou moins grand développement de la culture littéraire, et par conséquent de l'usage de l'écriture, chez un peuple, est la cause principale et déterminante de la rapidité plus ou moins grande avec laquelle les figures des lettres de son alphabet s'altèrent et se modifient. Les signes graphiques subissent en réalité comme une sorte d'usure dans un emploi fréquent et se conservent au contraire quand on n'en fait que peu d'usage. Chez un peuple lettré, qui écrit beaucoup et où la majorité pratique cet art, les variations paléographiques sont fréquentes et précipitent la déformation des lettres, soit par voie de complication et d'enjolivement quand il s'agit d'un type d'écriture soignée, dans lequel on cherche avant tout l'élégance, soit par voie de simplification et d'abréviation quand il s'agit d'un type d'écriture cursive, dont la première condition est la rapidité du tracé.

2° La nature des modifications que subissent les formes de l'écriture, principalement dans le passage des mains d'un peuple à celles d'un autre, est déterminée en grande partie par la différence des procédés matériels de l'art d'écrire. En effet, rien ne varie plus que l'instrument et le récipient de l'écriture, deux choses qui dépendent des ressources matérielles du peuple où elles sont employées.

A ce point de vue les écritures peuvent être divisées en deux classes : celles qui sont peintes avec une encre de telle ou telle couleur, et celles qui sont gravées à la pointe. Dans les premières, les lettres ont des formes pleines et arrondies ; elles ne craignent pas la complication et multiplient les traits purement ornementaux. Dans les secondes, les lettres sont grêles et anguleuses ; on tend à réduire autant que possible le nombre des traits.

Rien, du reste, ne saurait mieux prouver à quel point la différence des procédés matériels influe sur

l'aspect extérieur des écritures que la comparaison
entre l'hiératique égyptien, le chinois et le cunéiforme assyrien. Les Égyptiens écrivaient avec une
encre épaisse sur le papyrus, au moyen de gros roseaux taillés carrément, pareils aux calames qu'emploient encore les Arabes ; la cursive de leurs manuscrits hiératiques est arrondie, pesante, épaisse,
presque absolument sans déliés. Les formes compliquées des caractères chinois, l'aspect général de leurs
traits, la grosseur des pleins et la finesse des déliés,
tiennent à l'emploi du pinceau, qu'elles révèlent au
premier coup d'œil. Les Assyriens et les Babyloniens
ne traçaient les signes de leur écriture, ni à l'encre
avec le calame ou le pinceau sur le papyrus, des
peaux préparées ou des bandelettes de toile, ni à la
pointe sèche sur des planchettes, des feuilles de palmier ou des écorces d'arbres. Faute d'autres ressources facilement à leur portée, ils les dessinaient
en creux sur des tablettes d'argile molle qu'ils faisaient cuire après, pour les conserver. Or, l'élément
tout particulier qui produit l'aspect original des écritures cunéiformes et y devient le générateur de toutes
les figures, le *clou* ►—, ou ⌶, n'est autre que le sillon
tracé dans l'argile par le style triangulaire dont on
se servait pour cet usage et dont on a trouvé de nombreux échantillons dans les ruines de Ninive.

XXVIII.

C'est à la langue des sciences naturelles que nous avons emprunté le terme d'*arrêt de développement.* Il nous sert à désigner un fait qui réclame quelques explications.

L'immortel Geoffroy Saint-Hilaire a démontré que pendant le temps de son développement intra-utérin le fœtus des animaux supérieurs traverse une série de phases dans lesquelles son organisation reproduit successivement celle des classes d'animaux inférieurs. Un mammifère, dans le sein de sa mère, est d'abord poisson, puis reptile, et son organisation, progressivement perfectionnée, n'atteint au type complet de la classe auquel il appartient qu'après s'être élevé par une série continue de transformations d'un type inférieur à un type toujours supérieur. Le monstre est un fœtus dont le développement s'est arrêté par une cause accidentelle à l'une des évolutions qui précèdent son arrivée à l'état parfait.

Il se produit des faits analogues dans le développement et la vie des écritures, s'il est permis de se servir de ce terme. Par une cause accidentelle, que le plus souvent il nous est impossible de déterminer et dont nous ne pouvons que constater les effets, une écriture en usage dans une vaste étendue de terrain s'immobilise et, pour ainsi dire, se cristallise quelquefois à une certaine évolution de sa dégéné-

rescence graduelle entre les mains des habitants
d'un des pays où elle était employée, tandis que
dans tout le reste de son domaine elle suit la loi de
transformation continue que nous avons constatée.
Il arrive alors que l'alphabet en usage dans un très-
petit coin de terre demeure le représentant de l'état
de choses par lequel ont dû nécessairement passer à
une certaine époque les écritures de peuples nombreux, que nous ne connaissons que beaucoup plus
éloignées du type primitif et de l'origine. C'est
toujours, et l'on se rendra facilement compte
qu'il en doit être ainsi, celui de tous les peuples où
ce système d'écriture a été usité qui a eu le moins
d'importance dans l'histoire, la civilisation la moins
brillante, chez lequel se produit l'arrêt de développement. Il en résulte que nous avons été plusieurs fois obligé, dans nos tableaux généalogiques
des écritures, de faire figurer à un certain degré de
filiation l'alphabet d'un petit pays dont l'influence a
été presque nulle comme la source des alphabets de
grands peuples, sans qu'il soit jamais venu à notre
pensée de prétendre et de supposer que c'est de ce
petit pays qu'il aura rayonné sur les peuples chez
qui nous voyons en usage les écritures du degré de
filiation postérieur.

Un exemple rendra ceci plus clair.

Dans le tableau consacré aux écritures sémitiques
de la famille araméenne, nous avons marqué le palmyrénien comme la source d'où sont sortis le pamphylien, l'auranitique, le sabien et le syriaque estranghelo. Est-ce à dire que nous considérions Palmyre

comme le centre qui a imposé son écriture à la Pam-
phylie, au Haouran, à la Characène et à la contrée
d'Édesse, où l'estranghelo prit naissance? Non certes;
une telle hypothèse serait contraire à tous les faits
de l'histoire, et jamais elle n'a même approché de
notre pensée. Ce que nous avons voulu dire, c'est que
l'écriture araméenne s'est immobilisée à Palmyre à un
certain état des transformations qu'elle a dû nécessairement traverser dans les diverses contrées que nous
avons énumérées, car sans cet intermédiaire il serait impossible de se rendre compte de la façon dont
leurs alphabets sont sortis du type encore plus ancien
de l'*araméen des papyrus*. Les inscriptions palmyré-
niennes représentent seules cette phase des évolutions de l'écriture araméenne. Force était donc
d'inscrire le mot *palmyrénien* à son degré dans le
tableau des filiations, sans vouloir aucunement attribuer à Palmyre un rôle et une influence dans le
monde de l'aramaïsme qu'elle n'a jamais possédés.

XXIX.

Nous n'avons encore parlé que des simples changements qui se produisent dans la forme extérieure
des lettres restées les mêmes, dans la communication de l'écriture d'un peuple à un autre. Mais lors
d'un fait de ce genre, il se produit encore d'autres
changements, d'une nature plus considérable et
dont nous devons dire quelques mots pour complé-
ter les observations générales qu'il nous a semblé

utile de résumer dans cette introduction. Ce sont les changements des valeurs des lettres, puis les additions ou les suppressions de signes à l'alphabet.

Il est très-rare que les idiomes de deux peuples de la même famille possèdent exactement les mêmes articulations, dans le même nombre. A plus forte raison en est-il ainsi lorsqu'il s'agit de deux idiomes de familles différentes. Aussi arrive-t-il très-souvent qu'en passant d'un peuple à un autre les signes de l'écriture changent de valeur et ne correspondent plus exactement à la même prononciation. L'articulation que telle lettre peignait chez le peuple qui transmet l'écriture, n'existe pas identique chez le peuple qui la reçoit; mais celui-ci, en revanche, possède dans son organe une articulation voisine, qui en tient la place. La lettre en question s'emploie dès lors pour la figurer, en vertu de l'affinité organique. Les exemples de ce fait sont extrêmement multipliés dans l'histoire de l'art d'écrire et de sa propagation. On l'a vu déjà tout à l'heure se produire dans l'application d'un certain nombre de phonétiques égyptiens aux sons de l'organe sémitique, d'où sortit l'alphabet phénicien.

Le plus considérable et le plus frappant parmi ces changements de valeurs est celui qui, lorsque l'alphabet inventé chez les Chananéens fut transmis à des peuples de race indo-européenne, dans les idiomes desquels les voyelles avaient un caractère fixe et radical tandis que les aspirations étaient beaucoup moins multipliées que chez les Sémites, transforma les signes des aspirations douces, et même

quelquefois des fortes, en signes des sons vocaux.
Ce fait se produit exactement de la même manière
dans toutes les écritures des troncs central, occidental et septentrional, ainsi que dans une portion res-
treinte de la famille araméenne, composée des divers
alphabets pehlevis, du zend, de l'arménien et du
géorgien. Dans les alphabets de l'Inde les signes
d'aspirations douces du phénicien deviennent aussi
des voyelles, mais seulement dans le rôle d'initiales,
où l'on pourrait dire jusqu'à un certain point qu'une
sorte d'aspiration y est inhérente.

Mais ce n'est pas le seul effet amené dans l'écriture par la variété des articulations et de leur nombre entre les différents peuples. Souvent une des
articulations de l'organe de la nation plus civilisée
qui communique la notion de l'alphabet et de ses signes à une autre moins avancée, fait absolument défaut chez cette dernière, sans être remplacée par une
autre analogue. D'autres fois, au contraire, là où il
n'y avait qu'une seule articulation représentée par
un seul signe, le peuple qui reçoit l'écriture en possède deux ou trois, voisines les unes des autres et
ne différant que par des nuances.

Dans le premier cas, les signes qui ne trouvent
pas d'application dans les mots de la langue dispa-
raissent de l'usage et souvent même de l'alphabet.
Cependant quelquefois, comme nous le voyons dans
le grec, bien que n'ayant plus d'emploi lorsqu'il
s'agit de tracer les mots mêmes de l'idiome, ils sont
maintenus dans la série théorique de l'alphabet
et servent comme signes numéraux, représentant

la valeur correspondante à leur place dans cette série.

Dans le second cas, l'alphabet transmis étant insuffisant, on y ajoute de nouveaux signes pour représenter les articulations qui n'y avaient pas d'images. Mais jamais ces signes additionnels ne sont composés absolument de fantaisie. Toutes les fois, sans exception aucune, que l'on recherche leur origine, on reconnaît avec certitude qu'ils ont été tirés des signes affectés à peindre les articulations les plus voisines, celles qui offraient la plus grande affinité d'organe. Tantôt c'est ce signe marqué de points diacritiques ou de traits adjectices pour distinguer sa nouvelle valeur. Tantôt il est coupé par la moitié, soit dans le sens vertical, soit dans le sens horizontal, ou bien, au contraire, il est doublé par superposition ou par accolement. Mais toujours les signes nouveaux ont pour élément générateur et fondamental le signe de l'alphabet qui a servi de prototype, dont la prononciation était le plus rapprochée.

En suivant attentivement la filiation des écritures, on observe quelquefois un fait curieux, par suite de ces suppressions et de ces additions de lettres. On verra plusieurs fois, dans le cours de notre Mémoire, une articulation, représentée par un signe spécial dans l'alphabet phénicien, disparaître dans son dérivé le plus immédiat, puis se retrouver au second ou au troisième degré de filiation. Mais alors, comme le signe phénicien était tombé en désuétude aux degrés antérieurs, et

comme la tradition s'en était complétement oblitérée, cette articulation nécessite la formation
d'une nouvelle lettre, d'après l'un ou l'autre des
procédés que nous venons d'énumérer.

XXX.

Les recherches de paléographie comparative
ne sont pas affaire de simple curiosité, sans intérêt
général. Elles ont, au contraire, une véritable importance pour l'histoire des idées et de la marche
de l'esprit humain, par un point de vue que, dans
notre Mémoire, nous nous sommes efforcé, autant
que possible, de ne point négliger, mais au contraire sur lequel nous avons constamment cherché
à appeler l'attention.

La transmission de l'écriture d'un peuple à un
autre est le signe matériel, palpable et impossible
à révoquer en doute de la transmission des idées.
On ne saurait, en effet, absolument pas admettre
en bonne logique qu'une nation ait pu communiquer et enseigner à une autre, moins avancée
qu'elle, l'instrument matériel de la fixation de la
pensée, sans exercer une influence profonde sur ses
idées, sur sa civilisation, sur sa religion, sans lui
communiquer bien d'autres connaissances, sans lui
enseigner d'autres arts. La recherche de la filiation
précise des écritures est donc une part importante
de la recherche de la filiation de la pensée entre les
différents peuples dans les âges antiques.

Sans doute il y aurait un grave inconvénient à vouloir pousser trop loin l'application de ce principe, à prétendre qu'il suffit de rétablir la filiation de l'écriture d'un peuple à un autre pour en conclure la filiation de toutes les idées. Souvent une influence prépondérante et décisive a été exercée sur la pensée d'une nation par un autre côté que celui d'où lui est venue l'écriture. Souvent, antérieurement à la transmission de l'alphabet, elle était en possession d'une masse considérable d'idées à elle propres, et sa religion s'était déjà constituée d'une manière assez puissante pour n'être pas essentiellement modifiée par l'influence qui apporta

> Cet art ingénieux
> De peindre la parole et de parler aux yeux.

Mais, avec ces restrictions que le bon sens réclame, le fait subsiste avec assez de constance pour pouvoir être érigé en loi. Jamais la transmission de l'écriture n'a eu lieu sans une transmission d'idées plus ou moins considérable, dont elle est l'indice extérieur et tangible.

C'est là que réside, à nos yeux, la principale importance des recherches sur l'origine et la filiation des écritures. C'est par là qu'elles se rattachent aux considérations de l'intérêt le plus haut et le plus général.

FIN.

Paris. — Imprimerie de Ad. Lainé et J. Havard, rue des Saints-Pères, 19.

I.

TRONC SÉMITIQUE.

FAMILLE HÉBRÉO-SAMARITAINE.

Phénicien du type archaïque.

1er degré de dérivation. — Hébreu primitif.
2e degré. — Samaritain.
3e degré. — Samaritain cursif.

II.

TRONC SÉMITIQUE.

FAMILLE ARAMÉENNE.

Phénicien du type intermédiaire.

1er degré de dérivation. — Araméen primitif.
2e degré. — Araméen secondaire.
3e degré. — Araméen des papyrus.
4e degré. — Palmyrénien. / Hébreu carré. / Proto-pehlevi.
5e degré. — Pamphylien. Aucanitique. Sabien. Estranghelo. / Rabbinique. / Pehlevi persépolitain.
6e degré. — Nabatéen. Hiérosolymitain. / Pehlevi sassanide.
7e degré. — Arabe primitif. Nestorien. / Pehlevi des manuscrits.
8e degré. — Coufique. Neskhy. Peschito. Ouigour. / Zend.
9e degré. — Carmatique. Maghreby. Persan. Madécasse. Tartare lamaïque. / Arménien. Géorgien.
10e degré. — Turc. Hindoustani. Mongol.
11e degré. — Kalmouk. Mandchou.

III.

TRONC CENTRAL.

Phénicien du type archaïque.

1er degré de dérivation. — Alphabet cadméen.
2e degré. — Alphabet dit de Palamède.
3e degré. — Éolo-dorien. Attique. Grec des îles. Ionique. } Alphabets helléniques.
4e degré. — Albanais. { Famille albanaise. } ? Étrusque. Latin primitif. Alphabet grec définitif.
5e degré. — Phrygien. Lycien. { Famille asiatique. } Euganéen. Ombrien. Falisque. Latin classique. Marse. } Famille italique.
6e degré. — Rhétien. Sabellique. Latin cursif des *graffiti* de Pompéi.
7e degré. — Salasse. Osque.

IV.

TRONC OCCIDENTAL.

Phénicien du type archaïque.

1er degré de dérivation. — Ibérien. / Phénicien du type punique.
2e degré. — Turditain.
3e degré. — Bastulo-phénicien.

V.

TRONC SEPTENTRIONAL.

Phénicien du type sidonien.

1er degré de dérivation. — Runes scandinaves. Runes slaves.
2e degré. — Runes franciques. Runes germano-gothiques. Glagolitique. Alphabet cyrillien, par une combinaison avec l'alphabet grec. Wendo-runique.
3e degré. — Runes anglo-saxonnes. Mœso-gothique d'Ulfilas, par une combinaison avec l'alphabet grec.
4e degré. — Anglo-saxon, par une combinaison avec l'alphabet latin.

VI.

TRONC INDO-HOMÉRITE.

Phénicien du type archaïque.

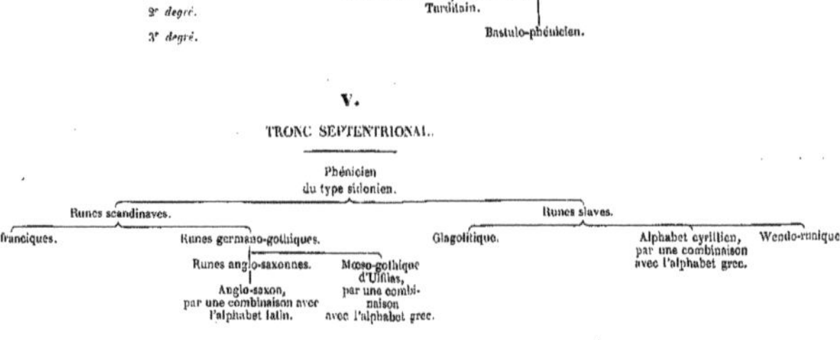

1er degré de dérivation. — Alphabet primitif de l'Yémen.
2e degré. — Himyaritique. Arien. { Famille arienne. } Magadhi.
3e degré. — Ghassanitique. Ghez. Libyque. Dévanagâri.

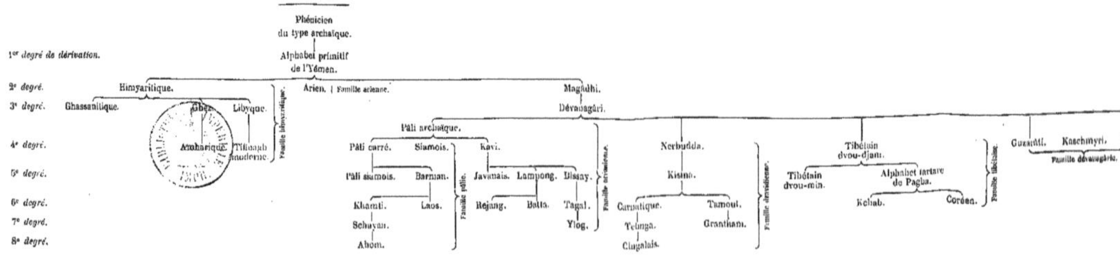

4e degré. — Amharique. Tifinagh moderne. { Famille himyaritique. } Pâli archaïque. Pâti carré. Siamois. Kavi. Nerbudda. Tibétain dvou-djani. Guzaratî. Kaschmyri. Piu... { Famille dévanagârie. }
5e degré. — Pâli siamois. Barman. Javanais. Lampong. Bisay. Kisma. Tibétain drou-min. Alphabet tartare de Pagba.
6e degré. — Khamti. Laos. Rejang. Batta. Tamul. Carnatique. Tamoul. Kohab. Coréen. { Famille tibétaine. }
7e degré. — Schoyau. Ylog. Telinga. Grantham.
8e degré. — Ahom. Cingalais.